LA VIRAGO.

Par M. H. de Châteaulin,

ANCIEN COLONEL.

Comme elle court, voyez : par les poudreux sentiers,
Par les gazons tout pleins de touffes d'églantiers,
Par les champs où le pavot brille ;
Par les chemins perdus, par les chemins frayés,
Par les monts, par les bois ; par les plaines, voyez
Comme elle court la jeune fille !

V. Hugo.

IV

 **Paris,**

RAYNAL ET CHEZ PESRON, LIBRAIRES,
RUE PAVÉE-SAINT-ANDRÉ, No 13.

1833.

LA VIRAGO.

3307

LA VIRAGO.

Par M. H. de Châteaulin,

ANCIEN COLONEL.

Comme elle court, voyez : par les poudreux sentiers,
Par les gazons tout'pleins de touffes d'églantiers,
   Par les champs où le pavot brille ;
Par les chemins perdus, par les chemins frayés,
Par les monts, par les bois, par les plaines, voyez
   Comme elle court la jeune fille!

              V. Hugo.

Paris,

RAYNAL ET CHEZ PESRON, LIBRAIRES,
RUE PAVÉE-SAINT-ANDRÉ, Nᵒ 13.

ꞇꞇꞇꞇꞇꞇꞇꞇꞇꞇ

1833.

LA VIRAGO.

******

CHAPITRE XXXIX.

******

Flagranti delicto.

Depuis deux jours la comtesse était
de retour, et l'activité la plus grande
régnait au château. La noble dame, tout
occupée de la prochaine arrivée de son
fils, faisait faire des préparatifs qui de-

mandaient un grand nombre de bras, et la pauvre Henriette ne pouvait s'échapper pour aller respirer un peu sous l'ombrage du vieux chêne ; car la comtesse l'ayant élue sous-directrice, sous-inspectrice des travaux, on avait besoin d'elle à chaque instant, et de tous les côtés à-la-fois.

« Tu es mon bras droit, disait la noble dame pour exciter son zèle ; si je ne t'avais pas, ma *Virago*, je ne sais ce que je deviendrais au milieu de tous ces embarras. »

Henriette soupirait et embrassait vite sa marraine pour cacher l'impatience, le dépit qui brillaient dans ses yeux, et elle répondait avec un peu d'aigreur à la foule des voix qui l'appelaient ensemble : « Eh ! bien, me voilà ! »

Le digne Jean Pouff s'était imaginé

que les vassaux, ayant à leur tête le
bailli, iraient complimenter Son Excellence sur son heureux retour, comme
c'était la coutume ; qu'il aurait aussi,
lui, une harangue à faire au nom des
chasseurs, des bûcherons, des charpen-
tiers employés toute l'année au service
de la noble dame ; mais la noble dame
fit avertir Pouff et le bailli que, pour cette
fois, elle les dispensait du cérémonial
ordinaire ; ils devaient songer unique-
ment à se préparer pour l'hommage à
rendre à leur nouveau seigneur. Le forestier obtint cependant la *faveur* d'une
audience particulière, à laquelle assista
Henriette.

« Qu'avez-vous donc fait de votre activité ? demanda la comtesse au vieux
Pouff d'un ton sévère. J'apprends que les
braconniers montrent une audace incon-
cevable. De mon lit, je peux compter les

coups de fusil qu'on vient tirer jusque dans le parc.... N'y a-t-il donc plus de justice à Spielberg? ou bien le bailli et les braconniers se donneraient-ils la main?

— Cela pourrait bien être, murmura entre ses dents le brave Pouff.

— Il faut mettre un terme à ces brigandages, reprit la comtesse qui ne l'avait pas entendu. Faites savoir dans le pays, que quiconque tirera une seule pièce de gibier avant l'arrivée du comte Louis, sera traité comme braconnier, et, comme tel, se verra puni avec la dernière rigueur... Ah! encore un mot, » ajouta la noble dame; elle s'arrêta en jetant un regard sur Henriette, à qui elle fit signe de sortir, et dès que la porte fut refermée, elle dit au forestier : « J'ai appris que, pendant mon absence, vous

avez laissé faire une singulière connaissance à votre fille, et que, malgré vos
cheveux gris, vous êtes *ensorcelé* comme
elle par un jeune aventurier, un homme
sans parens, sans nom, et qui ne peut se
réclamer de personne. Il faut rompre
tout cela. J'ai des vues pour Henriette. »

Jean Pouff sortit ce jour-là de l'appartement de la noble dame, le cœur gonflé
de colère et de chagrin. Jamais la comtesse ne s'était montrée si dure, si sèche
envers un vieux serviteur tout dévoué à
sa volonté.

« Je prendrai mes mesures de telle
sorte, se dit le forestier en retour-
nant chez lui, que pas un des braconniers ni des chasseurs du pays n'é-
chappera à ma justice, à moi ; car pour
celle du bailli, elle ne pèse pas plus
qu'une plume, attendu que son fils est

de l'autre côté dans la balance. Le scé-
lérat !... il tient à ses ordres tout un régiment de brigands comme lui.... Dieu
veuille que Waller ne s'y trouve pas enrôlé !... Ma foi, tant pis pour lui.... Ce
bel amour d'Henriette va me causer bien
du chagrin.... Si j'avais pu être le premier à conter l'affaire à Son Excellence,
la chose eût tourné différemment; mais
à présent, ma foi... »

Le bon vieillard n'acheva point; il
sentait comme une espèce de remords
d'avoir conçu involontairement la pensée d'abandonner au courroux de la
noble dame, Henriette et son amant.
N'avait-il pas encouragé leur amour ?...
Sans doute : mais attirer sur lui-même
ce courroux redoutable, mais perdre
la haute faveur dont il jouïssait depuis
tant d'années.... il n'en avait pas le courage.

Le jour suivant, le forestier revint demander une nouvelle audience à la comtesse.

« Votre Excellence, dit-il, j'ai fait tambouriner et publier à son de trompe, dans Spielberg et dans les villages voisins, le règlement contre le braconnage; mais si Votre Excellence veut faire pendre quelques-uns de ces brigands, il nous faudrait du renfort pour les rondes et les patrouilles; je n'ai pas assez de monde pour qu'il soit possible d'être jour et nuit sur pied, et d'ailleurs je ne suis pas sûr de tous mes gens; il en est plus d'un que je crois *verreux....* un bon exemple est nécessaire. »

La comtesse dit qu'elle allait demander à S.... deux sergens de ville et leur escouade, et le soir même les patrouilles de ronde furent organisées avec régularité.

Henriette, poursuivie d'un triste pressentiment, semblait, depuis la veille, avoir perdu la tête. Il n'était guère probable que Waller n'eût pas eu la moindre connaissance de ce qui mettait en rumeur tout le pays. S'il l'ignorait pourtant !... A cette pensée et à celle de toutes les conséquences funestes qui pouvaient résulter pour lui de son ignorance à cet égard, Henriette, saisie d'une inquiétude dont elle n'était plus maîtresse, profita d'un moment favorable pour s'échapper et pour courir à la forêt, puis à tous les lieux de rendez-vous où elle avait coutume de trouver Waller; elle ne l'aperçut nulle part.

« Que doit-il penser de moi? » se disait-elle en marchant à grands pas vers la maison de Jean Pouff. « Voilà quatre jours que nous ne nous sommes vus. Il sera certainement venu au vieux

chêne, ou chez mon père peut-être.....
Mon père, avez-vous vu Waller? » demanda-t-elle au vieillard, qu'elle trouva
à déjeuner paisiblement avec Eusebia.

« Non, répondit sèchement le forestier.

— Bon Dieu! que ne lui arrivera-t-il
pas, s'il ne sait rien des ordres de la comtesse! lui qui ne vit que du produit de
sa chasse.

— Il sera allé chasser ailleurs.

— Mais s'il revenait avant le retour
de monseigneur?.... s'il tirait ici un seul
coup de fusil?...

— Eh! bien il serait pris et pendu!

— Maugrebleu! s'écria Henriette en

frappant du pied. C'est comme ça que vous l'aimez !.... Oh! si je savais où il demeure, je serais chez lui tout-à-l'heure !

— S'il lui arrive malheur, reprit Jean Pouff avec un sang-froid imperturbable, il ne pourra donc s'en prendre qu'à lui-même. Comme le dit notre pasteur, celui qui cache son logis et sa parenté, a des motifs....

— Oh! le pasteur, le pasteur! il déteste mon Ernest : c'est lui qui vous a refroidi pour ce pauvre Waller ; c'est lui qui a informé ma marraine.... Mais patience! le jeune comte arrivera enfin... » Et Henriette s'en fut aussi vite qu'elle était venue, sans attendre un sermon qu'elle prévoyait et qu'elle ne se souciait point d'entendre.

Elle rentra vers midi au château,

après avoir encore une fois cherché partout Waller, et à peine était-elle dans le
salon, qu'un coup de fusil se fit entendre du côté de la forêt.

« C'est lui! » dit Henriette en appuyant fortement les deux mains sur son
cœur, qui battait, qui battait....

Tout ce qu'il y avait de valets au château se précipita vers la forêt pour prê-
ter main-forte aux sergens de ville et à
leurs gens, placés en sentinelles partout
où l'on supposait que se présenterait
quelque braconnier.

Comme Henriette allait s'élancer à
leur suite, la noble dame parut.

« Tu as entendu, n'est-ce pas? dit-elle
à sa filleule. J'espère qu'on ne saurait
pousser l'audace plus loin.... et cela en

plein jour, auprès des murs du parc, et après les publications qui ont été faites!.... Aussi la punition sera exemplaire.... »

Mais Henriette avait disparu.

Oui, c'était Waller qui venait de tirer, et au moment où son chien déposait à ses pieds le faisan doré qu'il avait abattu, des hommes armés l'avaient entouré en le couchant en joue et en lui ordonnant de mettre bas les armes.

« Bas les armes? répéta Waller avec un sourire. Et pourquoi?

— Pourquoi? » reprit le fils du bailli qui faisait plus de bruit et d'embarras que tous les autres: « Parce que la résistance serait inutile.... Vous avez été pris *in flagranti delicto*.... »

Waller lui jeta un regard qui l'interdit au point de l'obliger à baisser les yeux.

« Ventrebleu ! » dit une voix ; Waller tourna la tête du côté d'où elle partait, et en apercevant la figure de Pouff, il se mit à rire.

« De quoi s'agit-il donc ? demanda le jeune homme au vieillard.

— Je suis fâché que ce soit vous, répondit l'honnête forestier avec un soupir ; mais puisque le Ciel le veut ainsi.... Donnez-moi votre fusil.

— Le voilà.

— A présent il faut nous suivre, de bonne volonté, au château.

— De bonne volonté ?

— Oui, ou bien je serai obligé de vous faire lier les mains, et de vous y conduire de force.

—Eh! bien, de *bonne volonté*, soit; si c'est comme cela que vous entendez ces mots. Mais, auparavant, faites-moi l'amitié de me dire, digne Jean Pouff, quel crime j'ai commis?

—Ne savez-vous donc pas la défense de Son Excellence, de tirer une seule pièce de gibier d'ici à l'arrivée de monseigneur le comte Louis?

— Ah! diable! Ainsi ce faisan pourrait bien me conduire à la potence?

—J'espère que non..... Si vous ne saviez pas, si vous ignoriez.....

— Mauvaise excuse, s'écria le fils du

bailli. Chaque braconnier n'en pourrait-il
pas dire autant ?

— Parfaitement raisonné, répliqua
Waller avec un sourire moqueur ; vous
vous montrez digne de succéder à votre
très respectable père.

— C'est donc lui ?... Dieu du ciel !
Ernest ! mon Ernest ! » Et Henriette, sans
s'inquiéter de tout ce monde qui l'entoure, s'élance au cou du jeune Waller.

« Mon Henriette ! » dit-il avec émotion ; puis il la repousse doucement.

« En prison ! en prison ! » s'écrie le
fils du bailli. Son amour ayant été dé-
daigné par Henriette, il avait juré dès
long-temps la perte de Waller. Pour y
parvenir plus sûrement, il s'était précé-
demment rapproché de lui, et avait déjà

cherché, sous de faux semblans d'amitié, à l'entraîner dans de mauvaises affaires.

« En prison soit, répliqua Waller; qu'on prenne seulement la peine de me montrer le chemin. »

Henriette retenait toujours la main d'Ernest dans les siennes, et elle s'obstina à marcher aux côtés du prisonnier, en dépit des prières de celui-ci et des représentations de son père.

« Prends courage, mon Ernest, disait-elle; le comte Louis arrive demain. Je vais supplier et supplier ma marraine de te remettre en liberté; si elle ne le veut pas.... eh! bien, je m'adresserai au comte Louis....

— Je ne veux rien lui devoir, répondit sèchement le jeune Waller.

— Pourquoi cela? On le dit si juste
et si bon!

— Ne parlons point de lui. Comment
se fait-il que je ne vous aie trouvée nulle
part pendant ces quatre jours qui m'ont
paru si longs?

— Et à moi aussi; oh! oui, bien-
longs!... J'ai eu tant à faire au château!...

— Et vous m'avez oublié au milieu
de tous ces préparatifs de fête.... Vous
avez pensé seulement aux bals où vous
brilleriez bientôt, aux flatteries que vous
recevriez, aux hommages que le comte
Louis peut-être....

— Avez-vous tout dit? » demanda
Henriette avec un regard où éclataient
à-la-fois et la fierté blessée et une juste
douleur. « Non, non, je te pardonne....

Tu es malheureux, et le malheur rend injuste !

— Henriette, dit Jean Pouff en la prenant par le bras, va-t-en. Nous voici tout-à-l'heure en vue du château. Ne va pas gâter, par ta présence, une affaire déjà fort mauvaise. Dieu sait la colère où serait Son Excellence, si elle te voyait arriver côte à côte avec.... le prisonnier.... Va-t-en, te dis-je.

— Oui, ma chère Henriette, je vous le demande aussi ; précédez-moi. »

Henriette, sans répliquer un seul mot, s'éloigna.

Elle avait pris un assez long détour, et cependant elle fut rendue la première à l'antique manoir ; la noble dame, et Augustine elle-même, guettaient à une fenêtre l'arrivée du prisonnier.

« Pauvre enfant! dit Augustine en voyant Henriette se jeter sur un siége près de la porte, d'un air abattu.

— Voilà ce que c'est, reprit la comtesse, que de mal placer ses affections... A cause de toi, Henriette, je ne me montrerai peut-être pas aussi sévère que je le devrais.....

— Oh! ayez pitié de lui! » s'écria la jeune fille, qui s'élança aux pieds de sa marraine. « Y a-t-il justice à punir de mort la perte d'un faisan!

— Tais-toi, étourdie; tu n'entends rien à ces choses-là. Ce n'est pas du faisan qu'il s'agit; il s'agit de mes ordres méconnus, de mon autorité bravée. Si je ne fais pas bonne justice en cette occasion, les braconniers redoubleront d'audace.....

— Eh! qu'importe, s'écria Henriette les joues couvertes de pleurs; qu'importe un peu de gibier de plus ou de moins dans un pays où il abonde! Ah! demandez à tous les paysans.... Ils vous diront que les lièvres dévastent leurs champs, que....

— Les paysans, les paysans!... Il n'est question que des braconniers, de ces manans qui se croient le droit de vivre du produit de leurs brigandages.... Laisse-moi en repos; je bous de colère quand je pense.....

— O ma bonne marraine, songez plutôt combien il est doux de pardonner à qui nous a offensés!..... et cette offense est si légère!...

— Tais-toi, Henriette, ou je me fâcherai tout de bon.... Ah! les voilà qui

arrivent.... ma lorgnette!... la voici....
C'est un beau garçon!... le général sera
content... Je vais lui faire là un véritable
cadeau, car en ce moment les hommes
de cette taille sont fort rares. »

Augustine s'éloigna de la fenêtre ;
Henriette avait repris sa place auprès de
la porte : elle ne pleurait plus, mais ses
joues étaient en feu, et son sang bouil-
lonnait d'indignation.

« Eh! bien, où vont-ils donc? s'écria
la comtesse. Ah ! j'y pense ! la prison
n'est pas en état..... Blandine, va dire
qu'on mette le prisonnier dans le petit
caveau qui avoisine l'orangerie. »

La discrète Blandine obéit, et la comtesse, satisfaite d'avoir une occasion de
montrer encore une fois ou sa justice ou
sa clémence, se mit à son secrétaire et

écrivit un petit billet au général D......
pour le prier de vouloir bien venir le
lendemain recevoir de sa main une recrue dont elle voulait lui faire cadeau.

La noble dame fut d'une gaîté charmante le reste du jour, et elle eut l'extrême bonté de ne point prendre d'humeur contre Henriette, qui ne se montra
pas une seule fois à ses regards.

« Nous sècherons bientôt ses larmes, »
disait la comtesse à Augustine.

Augustine ne répondait rien et soupirait : elle n'avait fait aucune tentative
auprès de la noble dame, se réservant
d'employer, le jour suivant, toute son
éloquence à sauver Waller.

******

CHAPITRE XL.

******

𝔄𝔥!

Vers le milieu de la nuit, Henriette, qui ne pouvait dormir, se leva doucement et traversa, sur la pointe du pied, la chambre de la baronne; elle ouvrit avec précaution la porte, et quelques

minutes après elle était rendue près de
l'orangerie; la lune éclairait de ses doux
rayons les épais barreaux derrière les-
quels était le pauvre prisonnier; Henriette tressaillit; elle avait oublié que
cette fenêtre était solidement grillée;
elle avait cru possible une évasion im-
possible en effet. Désespérée, elle se jeta
sur un banc à quelques pas de là, et se
mit à pleurer amèrement; bientôt elle
sanglota tout haut, en balbutiant le nom
d'Ernest.

« Henriette! Henriette! » dit une voix
chérie; elle courut à l'étroite fenêtre, un
peu élevée au-dessus du sol, et, à l'aide
d'une caisse pleine de fleurs, elle parvint à s'exhausser assez pour pouvoir
passer ses doigts entre les barreaux.

« Pourquoi te désoler de la sorte?
demanda le jeune chasseur.

— Pourquoi?.... Ah ! Dieu seul peut
savoir ce qu'elle fera de toi, cette mé-
chante comtesse ! N'a-t-elle pas écrit au
général D.... de venir demain ? C'est demain qu'on te *jugera*, et tu me deman-
des pourquoi je pleure?

—Le général D....! A quel propos,
à quel titre se mêlerait-il de cette affaire?

— Je n'en sais rien ; mais il est invité
à venir ici demain.... Oh ! que le comte
Louis n'est-il arrivé !..... Je le prierais
tant, tant....

— Je n'ai nul besoin de sa protection.
Comment se fait-il, Henriette, que tu
t'imagines qu'il serait plus facile d'obtenir de lui ma grâce que de la comtesse?

—Allons, tu vas encore te mettre une
foule d'idées sottes dans la tête !

— Réponds à ma question, je t'en prie.

— Mais.... je n'en sais rien.... sinon que le comte Louis est jeune, et que dans la jeunesse on est moins dur.

— Dis aussi que le comte Louis est homme; que tu es belle....

— Ernest! Ernest!.... ai-je donc mérité cela de toi?

— Ne te fâche pas, Henriette, mais tu ne serais point femme si ces pensées-là ne s'offraient pas à toi tout naturellement.

— Eh! bien, je ne suis point femme, car je n'y ai pas songé une seule fois.

— Vrai, bien vrai?

— Oui, Monsieur, bien vrai.

— Henriette, permets-moi encore quelques questions. Tu as beaucoup entendu parler du comte Louis?

— Oh! beaucoup; le pasteur passait des soirées entières à nous raconter une foule de choses à son sujet... Mais pourquoi nous occuper de lui?.... Ernest, c'est à toi que je veux penser, à toi seul, et aux moyens de te tirer d'ici. Songe donc que demain peut-être.... »

Henriette ne put achever, et ses pleurs coulèrent de nouveau.

Waller lui ayant dit avec distraction quelques mots de consolation, revint au comte Louis; il paraissait éprouver une jalousie que la jeune fille trouvait si extraordinaire, qu'elle n'y comprenait rien.

2..

« On assure qu'il est bel homme, disait Waller,

— Qu'est-ce que cela me fait?

— Il doit être aimable; rien n'est
plus facile du moins que de se montrer
tel, quand on a pour soi le rang, la fortune....

— Ça m'est bien égal qu'il soit aimable ou qu'il ne le soit pas.

— Henriette, si pourtant il mettait à
tes pieds tant d'avantages; s'il se montrait amoureux, bien amoureux?...

— Je l'enverrais promener, comme
j'ai fait au comte de L....

— Mais si j'étais condamné; si le général, mandé par la comtesse, ne ve-

nait ici que pour me faire fusiller, et si le comté seul.... »

Henriette jeta un cri de douleur, et, s'attachant fortement aux barreaux de la fenêtre, elle dit d'une voix altérée : « Si tu meurs, de quelque manière que ce soit, je mourrai aussi.... Si tu quittes le pays, je le quitterai avec toi.... Tu fais partie de moi, tu es mon âme, ma vie, mon bonheur, mon salut dans ce monde et dans l'autre ; tu es tout pour moi !

— Pardonne, mon Henriette ! » dit Waller en appuyant ses lèvres brûlantes sur les mains de son amie.

Il y eut un moment de silence.

« Henriette, dit le jeune chasseur avec solennité, tu jures donc de partager mon sort, quel qu'il soit?

— Je le jure !

— Tu prends à témoin de tes sermens ces étoiles qui brillent au firma-
ment, cette lune qui nous éclaire ?

— J'en prends à témoin Dieu qui
nous voit, qui nous entend, et qui seul
peut lire au fond des cœurs !

— Henriette, je suis à toi, à toi pour
la vie ! »

Un frisson parcourut les veines de la
jeune fille ; il lui semblait que son âme
venait de la quitter pour se réunir à celle
d'Ernest dans les champs éthérés, où
étincelaient des milliers d'étoiles ; ses
mains se détachèrent des barreaux de la
fenêtre, et elle se laissa mollement glisser sur le gazon : se relevant soudain,
elle se mit à genoux, et, d'une voix

élevée, elle s'écria : « A toi pour la vie! »

— A toi pour la vie! » répéta Ernest
avec l'accent de l'amour le plus vrai.

« Me voilà forte et consolée! » dit
Henriette vivement et d'un ton plein de
fermeté. « Adieu, Ernest; adieu jusqu'à
demain. Soit que tu vives ou que tu
meures, ton sort sera mon sort.... Dors
en paix, mon Ernest; je dormirai aussi,
et d'un sommeil paisible, car, j'en suis
sûre maintenant, aucun pouvoir humain
ne saurait désormais nous séparer ! »

Elle envoya un baiser au prisonnier,
et rentra au château l'esprit tranquille,
le cœur allégé d'un lourd fardeau : le
sommeil cependant n'approcha point de
ses paupières; mais tant de pensées d'a-
mour l'occupaient, que le reste de la nuit
s'écoula promptement pour elle, et dès

l'aurore ce fut avec une figure riante qu'elle entra dans la salle des cérémonies, que la comtesse avait ordonné de préparer pour le jugement du prisonnier : la noble dame aimait à s'entourer des pompes d'une fastueuse grandeur, quand elle avait à exercer quelques-uns des actes de sa souveraine puissance.

« Tu as obtenu sa grâce ? » demanda la baronne étonnée du changement qui s'était fait dans les traits de son Henriette chérie.

« Non, répondit la jeune fille.

— Se... serait-il.... échappé ? ajouta Augustine en baissant la voix.

— Non, répondit encore Henriette avec un sourire ; et pourtant nous sommes libres tous les deux ; libres comme

l'air! Ah! vous aviez bien raison, petite
marraine : rien n'est fort comme l'amour;
non, rien au monde! avec l'amour dans
le cœur, on braverait...., les rois eux-
mêmes!

— Henriette, que t'est-il arrivé d'extraordinaire?

— Rien, rien du tout. Il m'aime, je
l'aime; il est à moi, je suis à lui; que
m'importe le reste? Oh! que je suis
heureuse! »

Et elle se jeta au cou de la baronne
de plus en plus surprise, de plus en plus
alarmée d'une exaltation qui ne lui paraissait pas naturelle; mais Augustine ne
put obtenir d'autre réponse à ses questions, que celle-ci : « Il m'aime, je
l'aime; il est à moi, je suis à lui.... que
m'importe le reste! »

2...

M. le Bailli et son greffier, le Pasteur,
le Marguiller, l'honnête Jean Pouff,
toutes les notabilités enfin du village de
Spielberg, étaient en ce moment occu-
pées à faire leur toilette et à revêtir leur
habit de cérémonie. Les valets avaient
reçu l'ordre de laisser pénétrer dans la
salle où devait se tenir l'audience, non-
seulement les vassaux, mais encore les
étrangers que la curiosité pourrait attirer;
tout le village était *en l'air*.

« Votre Grâce, disait la fidèle Blandine en agrafant la robe de velours cramoisi à longue queue de son orgueilleuse
maîtresse, fait bien de l'honneur à ce
manant, de daigner le juger elle-même. »

La comtesse soupira une fois, deux
fois, et avec le troisième soupir s'échap-
pèrent ces mots, prononcés comme à
regret : « Demain arrive mon fils ; de-

main je remettrai entre ses mains ce pouvoir, dont je vais user une dernière fois avec clémence.

— Oh ! Votre Grâce n'est que trop clémente, repartit Blandine.

— Je crains que mon fils ne le trouve aussi. Puissent ses vassaux ne point perdre au change !

— Ils y perdront, Votre Grâce; les personnes que votre bonté a maintenues en place, en dépit des criailleries des paysans, n'auront pas beau jeu avec Monseigneur.

— Je redoute beaucoup les changemens qu'il voudra faire, seulement pour exercer une autorité toute nouvelle.... Hâtons-nous; il pourrait bien arriver aujourd'hui, et je souhaite que cette affaire soit terminée par moi seule. »

En cet instant on annonça que M. le
général D... venait de descendre de voiture ; la comtesse, avec l'air d'une reine,
se rendit sur-le-champ au salon pour le
recevoir.

Henriette avait devancé tout le monde
à la salle d'audience ; elle aussi, elle
s'était parée ; une couronne de bluets
ornait son front et retenait les boucles
nombreuses de ses beaux cheveux bruns ;
sa robe de mousseline blanche était serrée
au-dessous du sein par une ceinture
bleue ; ainsi vêtue, elle avait quelque
chose de si pur et de si angélique, et
dans ses grands yeux, ordinairement fort
vifs, brillait une si touchante mélancolie,
qu'on pouvait à peine reconnaître le joli
démon qui avait trop bien mérité, de la
part de sa marraine, le surnom de *Virago*.

La salle cependant s'était peu à peu

remplie; Henriette, placée à une petite
distance de l'estrade occupée par le fauteuil de la comtesse, avait vu arriver le
bailli, vêtu de noir, sec comme une latte,
grand et mince comme un peuplier, es-
corté de son greffier, petit homme joufflu,
à la voix flûtée, aux discours mielleux;
puis le marguillier, mieux poudré que
jamais; le digne Jean Pouff, revêtu de son
uniforme de garde-forestier; et enfin les
principaux d'entre les habitans de Spielberg. Le Pasteur n'avait point encore
paru, quand la porte du fond s'ouvrit à
deux battans, et l'huissier annonça d'une
voix claire : « Sa Grâce, Madame la Comtesse ! »

La noble dame, nonchalamment appuyée sur sa nièce, et ayant à sa droite
le général D...., s'avança suivie de ses
femmes, saluant d'un signe de tête l'assemblée qui s'était levée à son approche.

Dès que la comtesse fut arrivée à l'estrade, elle y monta seule et s'assit; le général se tenait debout à côté d'elle; la baronne était placée sur un pliant.

« L'audience est ouverte! » cria l'huissier.

La porte d'entrée, fermée depuis quelques instans, se rouvrit, et l'on vit paraître le prisonnier entre deux sergens de ville. D'un pas ferme et avec une contenance assurée, il marcha vers la comtesse, la salua respectueusement; puis il demeura debout, la tête découverte, et promenant autour de lui un regard noble et fier.

« Ernest! » dit Henriette en se levant à moitié; il lui sourit et la contempla avec amour; ce regard était si éloquent, que les joues de la jeune fille se couvrirent d'une brûlante rougeur; elle baissa les yeux, mais pour les relever bientôt et pour chercher encore ceux d'Ernest.

« Qu'en dites-vous, Général ? demanda la comtesse à mi-voix.

— C'est un homme superbe, Votre Grâce; un vrai cadeau à faire à Sa Majesté. Il entrera sans difficulté dans les grenadiers de la garde.

— Je vous remercie de vouloir bien être de moitié dans ma bonne action. Voyez cette mine fière!... Quel dommage s'il avait continué sa vie de vagabond!.. Il y a de l'étoffe, beaucoup d'étoffe dans ce jeune homme, ou je me trompe fort.

— Je partage entièrement l'avis de Votre Grâce.

—Pour la forme, je vais l'interroger...

Pour la forme, vous entendez; car le délit est prouvé de reste.

— Oh! de reste, comme le dit très bien Votre Grâce.

— Huissier, faites faire silence.

— Silence, Messieurs!

— Si j'ai besoin de vos services, dit la comtesse au bailli qui paraissait se disposer à commencer l'interrogatoire, je vous avertirai.

— Ah! » s'écria le pasteur; il venait d'arriver à sa place, et en portant les yeux sur le prisonnier, tous ses traits avaient pris l'expression de la surprise la plus vive.

Waller le regarda d'un air froid et

paisible, puis se détourna; sa figure était calme; et même, en l'observant attentivement, on pouvait voir ses lèvres s'entrouvrir par un léger sourire qui avait quelque chose d'ironique.

« Votre nom? » demanda la comtesse d'un ton plein de dignité. « Votre nom? répéta-t-elle avec hauteur, en voyant que le prisonnier paraissait n'avoir pas entendu.

— Louis Ernest, comte de Turneisenn ! »

Un cri d'étonnement s'échappe de toutes les bouches. La comtesse, comme frappée de la foudre, demeure immobile.... Sébaldus perce la foule, s'élance dans les bras de son élève, et la noble dame tombe évanouie sur son fauteuil.

******

CHAPITRE XLI.

******

Peine et plaisir.

En revenant à la vie, la comtesse se
trouva appuyée contre le cœur de son
fils, et un torrent de larmes baigna ses
joues. L'assemblée, silencieuse, s'était
serrée autour de l'estrade ; tous les yeux

étaient fixés sur le groupe que formaient le comte soutenant sa mère défaillante, Augustine faisant respirer des sels à sa tante, le général D.... se penchant vers la comtesse d'un air compatissant, et la discrète Blandine prenant coup sur coup de petites prises de tabac, pour se donner une contenance.

« Ah! mon fils! » dit enfin la noble dame avec un accent mêlé de tendresse et de reproche. « Tu m'as fait bien du mal!... On ne meurt donc point de joie!... Mais ne me trompez-vous pas? Etes-vous en effet....

— Je suis le comte Louis Ernest de Turneisenn, répéta le jeune comte, qui éleva la voix et se tourna vers l'assemblée.

— Vive le comte de Turneisenn! » s'écria Sébaldus.

Ce fut à l'instant comme un tonnerre d'applaudissemens, d'acclamations, de cris de joie, de *vivat*.

« Que tout le monde, dit le comte, se rende sur la pelouse devant le château, et que chacun aide aux préparatifs du déjeuner qu'on va servir. Nous prendrons ce repas ensemble, mes amis, et nous boirons à la santé les uns des autres!»

De nouvelles acclamations se firent entendre, et en quelques minutes la salle fut vide.

« Est-il bien possible ! dit alors la noble dame, encore tout étourdie de ce qui venait de se passer.

— Veuillez me pardonner, ma mère, repartit le jeune comte; mais il n'a pas dépendu de moi de me présenter seulement demain avec toute la décence convenable.

— Il fallait, mon fils, vous nommer dès hier ; vous n'auriez point passé la nuit en prison, et aujourd'hui....

— Ah ! dit le jeune comte avec vivacité, cette nuit-là a été l'une des plus belles de ma vie ! » Et il cherchait des yeux Henriette ; mais Henriette avait aussi disparu. « Monsieur le Général, ajouta-t-il d'un air ouvert, ma mère vous a promis une recrue ; je vous appartiens, vous en avez sa parole ; mais peut-être consentirez-vous à un échange ?

— Oh ! très volontiers, monsieur le Comte, répondit le général en souriant.

— Je peux vous offrir trois ou quatre grands gaillards bien bâtis, et excellens tireurs ; le bailli vous en sera garant.

— Le bailli ! répéta la comtesse tout-
à-fait ranimée.

— Oui, ma mère, son fils est le chef
des braconniers qui désolent ce pays ;
il m'a lui-même enrôlé dans sa bande,
et je crois qu'il n'a pas peu contribué à
me faire prendre *in flagranti delicto*,
selon ses propres expressions ; c'est ce
que nous éclaircirons à loisir. »

La comtesse, stupéfaite, regardait
Louis avec l'expression du plus grand
étonnement. Il lui prit la main, baisa
tendrement cette main qui ne répondait
pas à la douce pression de la sienne, et
il dit : « J'ai cru devoir enfreindre l'ordre
sacré d'un père. Si j'étais revenu en ces
lieux avec le titre de *maître*, jamais je
n'aurais connu les agens placés comme

intermédiaires entre mes vassaux et moi.
Après être allé étudier l'homme dans
toute l'Europe, je suis venu ici étudier
les hommes que je me trouvais appelé à
gouverner. Depuis un an, sous le nom
obscur de Waller, je parcours mes do-
maines ; depuis trois mois, j'habite à une
lieue de Spielberg. »

La noble dame pâlit ; le malaise qu'elle
éprouvait était visible.

« Grâces soient rendues à mon noble
père ! poursuivit le jeune comte avec
feu. Sa volonté expresse fut que, livré
à moi-même, j'irais, sans autre guide,
sans autre appui que moi, étudier seul
à la rude école du monde. Sans doute il
avait redouté pour son fils la flatterie
qui entoure les grands dès le berceau,
et qui amollit leur cœur pour l'endurcir
ensuite ; sans doute il a voulu qu'avant

de commander j'apprisse à obéir ; ce fut par l'effet de sa volonté, qu'à peine au sortir de l'enfance je quittai ces lieux, pour ne les revoir qu'à ma majorité.... Waller a su découvrir ce qui eût échappé aux yeux du comte de Turneisenn.... Justice sera faite à chacun selon ses œuvres, et l'ivraie ne demeurera point mêlée au bon grain, ma mère, je vous le promets ! »

La noble dame souriant d'un air contraint, se leva, et l'on abandonna la salle d'audience pour retourner au salon.

L'orgueil blessé combattait, dans le cœur de la comtesse, l'amour maternel ; de là venait sa froideur, dont le comte Louis feignait de ne point s'apercevoir ; mais Augustine en était peinée ; elle le témoignait par ses regards affectueux, tandis que le pasteur cherchait à faire

diversion, en soutenant un entretien qui
devenait de plus en plus languissant.

La comtesse s'éclipsa pour passer un
moment dans son appartement ; alors le
comte s'approcha, avec le général, d'une
des fenêtres du salon, et lui montra du
doigt le tableau animé que présentait la
vaste pelouse.

Des paysans arrivaient de toute part,
roulant devant eux des tonnes de bière,
apportant des bancs de bois, des chaises
de toute façon, de longues planches
avec lesquelles on faisait des tables, qui
se couvrirent bientôt de surtouts ma-
gnifiques et de corbeilles en porcelaine,
élégamment remplies de beaux fruits.
Des pâtés, des volailles froides, des pâ-
tisseries, des crèmes délicates, enfin tout
ce qui avait été préparé d'avance pour
la fête du lendemain, composait cet *am-*

bigu. Plus loin, on voyait des paysans dresser de grandes échelles contre les arbres qui formaient l'enceinte de la pelouse, et suspendre aux branches les guirlandes de feuillage, les gros bouquets de fleurs, que les femmes et les enfans préparaient, à l'envi, avec une promptitude sans égale. Pendant ce temps, un orchestre impromptu, composé du ménétrier du village, d'un joueur de cornemuse et de quatre des meilleurs cors-de-chasse de la contrée, s'installait derrière un massif de verdure, et faisait déjà retentir quelques fanfares.

« Vous nous quittez, ma cousine? » dit le comte qui laissa le général avec Sébaldus pour rejoindre la baronne ; elle se disposait à sortir du salon. Il ajouta plus bas en lui baisant la main : « Ne revenez pas sans *elle*, je vous en prie ! »

Augustine sourit. « Qui vous a dit, demanda-t-elle, que je songeais à Henriette ?

— Ne sais-je pas combien vous l'aimez ? Votre excellent cœur devine tout ce qui se passe en ce moment dans le sien !.... Veuillez lui dire que *son* Ernest l'attend. »

La baronne semblait hésiter.... elle allait parler.... mais la noble dame reparut, et Augustine sortit pour s'informer d'Henriette.

Une musique bruyante, et pas trop mal exécutée, se fit entendre lorsque la comtesse, conduite par son fils, se montra sur la pelouse; le général D.... donnait la main à la baronne, et tous s'avancèrent avec solennité au bruit des *vivat* de la foule et des boîtes, des dé-

charges de mousqueterie, commandées
par le digne Jean Pouff.

« Approchez, Monsieur l'Inspecteur
Général des eaux-et-forêts de Spielberg, » dit le comte au forestier, dont
la figure exprimait la joie la plus vive.
« Je veux vous présenter, sous votre
nouveau titre, à ma mère. »

Jean Pouff ne comprit pas d'abord;
mais quand la comtesse lui eut dit : « Je
vous félicite, Monsieur l'Inspecteur! »
il se jeta tout en larmes aux genoux de
son jeune seigneur, qui le releva vivement en s'écriant : « Plût à Dieu que je
n'eusse que des serviteurs tels que toi,
digne vieillard !..... Monsieur l'Inspecteur, vous choisirez vous-même un
garde-forestier pour Spielberg, et désormais vos travaux se borneront à don-

ner, à ceux de *vos gens*, le coup-d'œil
du maître!

« — Ah! Monseigneur!..... Monseigneur!.... » Jean Pouff fit de vains efforts pour en dire davantage; la surprise,
la reconnaissance le suffoquaient.

La noble dame, bien contre son gré,
suivait son fils, qui parcourait le cercle
formé par leurs nombreux vassaux, et,
bien contre son gré encore, elle ajoutait
quelques mots bienveillans aux paroles
affectueuses qu'il adressait à chacun. Elle
devinait, à la manière dont il leur parlait, que tous lui étaient connus; qu'il
savait leurs besoins, ceux de leur famille; et en voyant la froideur qu'il
montrait à ses favoris, elle devinait
que de grands changemens allaient
avoir lieu; cette idée lui donnait des

mouvemens de dépit et même de colère ;
ces changemens seraient autant de con-
damnations des actes de son adminis-
tration : quel supplice pour une femme
accoutumée, depuis si long-temps, à
voir tout plier sous sa volonté !

Le comte venait de s'approcher d'un
groupe de jeunes filles ; ce groupe
s'ouvrit, et Henriette se trouva soudain
isolée et en butte à tous les regards.
Ses joues en feu portaient les traces
des larmes qu'elle avait versées ; elle
allait fuir, mais le comte la saisit par
la main ; sans lui dire un seul mot, il
l'obligea de marcher à ses côtés, et il
retourna, avec sa mère et elle, vers le
général D...., qui causait avec la baronne et Sébaldus.

« Monsieur le Général, dit le comte,
permettez-moi de vous présenter la fille

adoptive de mon inspecteur, l'enfant
chéri de ma mère et de mon aimable
cousine. »

Henriette fit la révérence en rougis-
sant encore.

« Mettez-vous ici, à mes côtés, »
ajouta le comte au moment où l'on prit
place à table.

« La place d'Henriette, s'écria la noble
dame avec un peu d'aigreur, est auprès
de la baronne.

— Pour aujourd'hui, ma mère, si
vous le trouvez bon, ainsi que Monsieur
le Général, répliqua le jeune comte, il
ne sera point question de places réser-
vées. M. l'Inspecteur se mettra à ma
droite, Henriette à ma gauche. C'est
ainsi que je me suis toujours trouvé

placé à la table hospitalière du digne
Jean Pouff, alors que je sollicitais,
comme une faveur, de devenir son ad-
joint. Mais c'est un fin renard....

— Nous le savons, » reprit la noble
dame, à qui tous ces souvenirs ne plai-
saient guère. « Mais comme vous êtes,
mon fils, le héros de la fête, trouvez
bon, à votre tour, que nous nous occu-
pions exclusivement de vous. »

Elle fit un signe impérieux à Henriette, qui dégagea sa main que le comte
tenait encore, et qui courut s'asseoir
auprès de la baronne ; à l'instant la table
se garnit de villageois, s'asseyant à l'en-
tour, sans distinction de rang.

Une sorte de gêne régna d'abord
parmi les convives, très étonnés de
l'honneur qu'on leur faisait ; mais peu à

3...

peu les *widerkome*, en circulant à la ronde, bannirent la contrainte; les bons mots excitèrent les éclats de rire; puis vinrent les santés; après les santés, les chansons; les têtes s'échauffaient et la gaîté devenait de plus en plus bruyante.

Vers la fin du banquet, la comtesse ayant été avertie que quelques-unes des personnes invitées pour la fête du lendemain, étaient arrivées au château, saisit habilement cette occasion pour entraîner son fils, le général D.... et la baronne. Henriette n'osa les suivre; elle demeura un instant muette et immobile sur sa chaise, en dépit des efforts du digne Jean-Pouff pour l'égayer. M. l'Inspecteur avait fait raison si ponctuellement à toutes les santés portées à Monseigneur et à Mme la comtesse, qu'il y voyait double; aussi ne s'aperçut-il point de la disparition d'Henriette; pour lui, elle fut présente

jusqu'à la fin du repas, qui ne se termina
qu'à la nuit, et il la vit même dans plusieurs endroits à-la-fois, danser l'alle-
mande et l'écossaise.

Rien n'était plus pittoresque que le
parc illuminé spontanément et comme
par enchantement, en verres de couleur.
Tandis que la compagnie du château se
promenait gravement sur la pelouse, des
groupes de danseurs tourbillonnaient au
son d'une musique animée, et des vieillards, assis autour des tonnes de bière,
chantaient à tue-tête des chansons ba-
chiques. Le bruit s'était répandu que
Monseigneur avait promis d'exempter ses
vassaux de la corvée, à partir du jour
suivant, anniversaire de l'époque de sa
naissance, qui avait eu lieu vingt-cinq
ans auparavant; il était question aussi de
diverses améliorations promises pour les
soulager d'une partie des redevances oné-

reuses qui accablaient en ce temps-là
le malheureux paysan, et des bénédic-
tions se mêlaient aux accens de la joie
et de l'ivresse.

Henriette seule, la pauvre Henriette,
cherchait le silence et la solitude; seule
elle pleurait; seule elle fuyait le théâtre
où s'agitait cette foule de gens heureux.
Assise dans l'ombre, sous le couvert
d'un bosquet de verdure, elle soupirait
et se disait : « Hier encore, il était *mon*
Ernest !.... hier encore, j'osais le serrer
sur mon cœur tout plein de lui !.... Aujourd'hui..... aujourd'hui c'est *Monsei-*
gneur..... Ce n'est plus *mon* Ernest !....
c'est le comte de Turneisenn !... Je m'en
irai d'ici..... je m'en irai seule dans ce
vaste monde, où il n'est pas un homme
à qui je puisse dire : *Tu es mon père !...*
pas une femme à qui je puisse dire : *Tu*
es ma mère !... Oui, je m'en irai !... Son

devoir maintenant, c'est de rendre les hommes meilleurs et plus heureux... Je serais la seule à Spielberg qui ne pourrait être heureuse... autant vaut partir!.. Cela le chagrinerait de voir des larmes dans mes yeux.... oui, car il est bon.... car il m'aima... dans le temps où il était *mon* Ernest!... »

Des pas se font entendre dans l'allée voisine ; Henriette se lève et s'élance hors du bosquet ; mais deux bras la saisissent, l'entourent.

« Henriette, c'est moi ! c'est ton Ernest ! dit une voix. Eh ! quoi, tu me repousses encore ! »

La jeune fille se tait ; elle demeure sans mouvement sur ce cœur qui bat près du sien ; elle a cessé de repousser le comte ; mais elle ne répond point aux témoignages de sa tendresse.

Il la ramène dans le bosquet.

« Assieds-toi ici, près de moi, » dit-il ; elle obéit. « Donne-moi ta main, Henriette ; » elle la lui donne. « Henriette, un mot, un seul mot, je t'en prie !

— Monseigneur....

— Oh ! non, non ! Ne suis-je donc pas ton Ernest ? Pourrais-tu croire que mon cœur a changé ?

— Non, je ne le crois pas ! » s'écrie Henriette en se jetant à son cou avec tout l'abandon de l'amour. « Oh ! encore une fois, je veux te dire que je t'aime ! que ta pensée est toute en moi ! que ta vie est ma vie !... Oh ! encore une fois, je veux reposer sur ce noble cœur qui battit pour la pauvre Henriette, qui m'aima....

— Qui t'aime toujours, qui t'aimera toujours!... As-tu donc oublié nos sermens? N'as-tu pas juré de partager mon sort, quel qu'il fût? N'ai-je pas juré d'être à toi? »

Henriette ne répond que par un baiser.

« Ce serment, dit encore le comte d'un ton solennel, Dieu l'a reçu!.. Nulle puissance humaine ne peut nous en dégager.

—Ah ! s'écrie Henriette avec vivacité, je ne demande pas mieux que de le tenir ce serment!... Mais toi, mon Ernest!... tu n'es plus Waller.... tu es un grand seigneur, un COMTE, un monseigneur....

— J'étais un seigneur, un comte, un monseigneur, quand j'ai juré de n'appartenir jamais qu'à toi. Rien n'est changé pour nous deux, mon Henriette.

— Rien !... Tout est changé au contraire ! Waller pouvait vivre pour moi seule.... Le comte de Turneisenn se doit à ceux que Dieu a mis dans sa dépendance, afin qu'il veillât sur eux comme Dieu veille sur nous.

— Noble amie ! toi dont je suis si fier, toi qui seras ma compagne chérie en dépit de tout....

— Oh ! non pas malgré ta mère, Ernest !... Et jamais ta mère ne voudra....

—Henriette, je crains beaucoup moins l'opposition de ma mère, que la désunion qu'on va chercher à faire naître entre nous.

— Et qui pourrait nous désunir, si ce n'est.... Sa Grâce ?

—La calomnie, Henriette. Une guerre

ouverte et franche m'effraierait moins
que les attaques sourdes que je prévois.

— La calomnie! Et qu'avons-nous à
craindre des sots propos des méchans?...
On me dirait : Il ne t'aime plus; il en
aime une autre ; voici celle qu'il aime....

—Eh! bien, tu hésites, Henriette ! »

Elle fondit en larmes. « Je devrais
souhaiter, dit-elle, que cela fût.... parce
qu'alors tu serais plus heureux....

— Heureux! heureux! si j'avais cessé
de t'aimer?... Tu ne le crois pas !

— Ah! dit - elle avec exaltation, je
crois en toi comme je crois en Dieu !...
Mais toi?

— Henriette, je crois à ton amour
comme je crois à la vertu! »

Un frisson parcourut les veines de la jeune fille ; elle se jeta à genoux avec un respect religieux, et, levant les mains au ciel, elle dit : « A lui pour jamais ! »

———

******

CHAPITRE XLII.

******

L'Orage se forme.

Ce fut pendant près d'un mois, au château, un *brouhaha* perpétuel ; les visites succédaient aux visites, les fêtes aux fêtes, les banquets aux banquets, et Henriette, comme de coutume, était invitée à prendre sa part de cés plaisirs sans cesse renaissant. La comtesse se montrant la même pour elle, Henriette avait recouvré sa tranquillité, sa gaîté, et tout simplement, tout naturellement elle laissait lire à chacun dans ses beaux yeux, l'amour qu'elle éprouvait pour le jeune comte; il avait auprès d'elle les manières d'un amant respectueux, mais avoué. Si quelques plaisanteries étaient faites à ce sujet à la noble dame, elle y répondait de même en plaisantant, sans rien laisser paraître de ce qu'elle pensait, sans témoigner ni embarras ni humeur; et la baronne, qui l'observait, se perdait en conjectures.

Inquiète du sort de cette jeune fille qu'elle aimait d'un amour de mère, Augustine avait tout aussi inutilement cherché à pénétrer les sentimens de sa tante,

qu'à obtenir du comte la confidence de
ses projets.

« Vous m'avez donné le titre d'honnête homme, » avait répondu un jour le
jeune comte à ses instances; « croyez,
mon aimable cousine, que je ne ferai
rien qui puisse m'en rendre indigne. »
Et l'entretien s'était terminé là.

Pouff, de son côté, se creusait en vain
la tête pour deviner le bon plaisir de Son
Excellence, relativement aux visites très
fréquentes dont l'honorait monseigneur,
qui venait sans façon chercher Henriette chez son père adoptif, où elle demeurait actuellement, pour aller faire
avec elle de longues promenades dans
les environs.

« Vieil âne, » disait la douce Eusebia toute fière d'être appelée, par les

plus-petits enfans du village , *Madame l'Inspectrice,* « laisse donc aller les choses leur petit bonhomme de chemin ! Si Son Excellence te défendait de recevoir Monseigneur, ce serait à toi de voir lequel vaudrait le mieux de fâcher la mère, qui n'est plus maîtresse de rien , ou le fils , qui est et deviendra notre maître, quand il ne sera plus question dans ce monde de Sa Grâce.

— Tais-toi, vipère , répondait le brave Pouff avec humeur. La volonté de Son Excellence sera toujours une loi pour Jean Pouff. N'a-t-il pas vécu de son pain pendant plus de trente années ? De ce qu'elle ne se mêle plus de rien, s'ensuit-il qu'elle doive n'être comptée pour rien ? N'est-ce pas déjà bien assez de voir défaire ce qu'elle avait fait, renvoyer ceux qu'elle avait mis en pláce....

— Ne vas-tu pas pleurer les larmes
de ton corps pour des sacripants comme
le bailli, le marguillier, le greffier?

—Ils n'ont que ce qu'ils méritent, répliqua l'inspecteur; mais ça n'en est pas
moins dur pour Son Excellence, de voir
qu'elle s'est trompée sur leur compte et
sur celui de tant d'autres, et qu'elle a
été injuste pour de braves gens, que
Monseigneur tire de la misère où elle
les laissait, faute de savoir que c'étaient
de braves gens !

—Que celui qui a péché en porte la
peine! reprit Eusebia. Mais, pour en revenir à Henriette, je te dis que Monseigneur l'épousera; que Son Excellence y
donnera les mains, faute de pouvoir
l'empêcher; et alors Dieu sait ce qu'il en
reviendra à toi et à moi, qui l'avons élevée....

— Mille millions de dix mille tonnerres! Que diable veux-tu avoir de plus
que ce que nous avons, vieille avare,
vieille ambitieuse?... Si encore tu n'é-
tais que cela! mais l'ingratitude, c'est la
plaie de ta vilaine âme....

— Plaie ou bosse, il n'en est pas moins
vrai que tu t'es conduit comme un sot,
en allant demander, par deux fois, à
Son Excellence, si tu devais fermer ta
porte à Monseigneur. Il ne s'agit pas,
cette fois, d'amoureux à la douzaine,
mais de notre maître, qui a le droit
d'entrer partout....

— Et de déshonorer, n'est-ce pas, les
filles de ses vassaux?

— Déshonorer! quand il est avec
Henriette comme un fiancé avec sa fiancée.....

— Il n'en est pas moins vrai que, si ce mariage n'a point lieu, Henriette passera pour une fille séduite.

— Ce sera la faute de Son Excellence, et non pas la tienne.

— Laisse-moi tranquille avec tes distinctions et tes subtilités du diable! Je veux en avoir le cœur net, et savoir aujourd'hui même à quoi m'en tenir sur les projets de Son Excellence.

— C'est ça; cours vite te placer entre la mère et le fils; sème entre eux la *zizanie*, et quand elle aura porté ses fruits, je sais bien qui est-ce qui s'en mordra les doigts!

— Dragon femelle! murmura le vieux Pouff entre ses dents. Elle a raison d'une façon.... car enfin, puisque Son Excellence ne veut pas s'expliquer..... Je ne dirais mot s'il s'agissait d'une coupe d'arbres faite mal à propos; d'une battue dans la forêt qui mettrait tout le gibier en fuite.... Mais, maugrebleu!... il s'agit d'Henriette !.... de son bonheur, de son honneur !... Et dire que Son Excellence ne me répond jamais autre chose, avec son éternel sourire, que : *Ne vous tourmentez pas..... mon fils est le maître.... tout s'arrangera.... nous causerons de cela un autre jour....* Un autre jour! Eh ! ventrebleu ! qui sait si demain il ne sera pas trop tard !.... Je ne crois pas pourtant que Monseigneur.... Henriette d'ailleurs..... Oui, mais le diable est si malin ! »

C'était justement sur *la malice du diable* que la noble dame fondait tout son espoir.

Bien des conciliabules avaient été tenus

en secret avec la prudente Blandine, sur
les moyens à prendre pour porter le coup
mortel à un amour qui déplaisait souve-
rainement à Sa Grâce. On avait discuté
longuement les inconvéniens de l'emploi
de la violence : si l'on faisait disparaître
subitement Henriette, on devait être certain que le jeune comte remuerait ciel et
terre pour la retrouver, et qu'il la retrou-
verait, dût-il aller la chercher au bout
du monde ; en outre, on n'escamote pas
une jeune fille aussi aisément qu'une noix
muscade : si la comtesse daignait parler
raison à sa filleule, celle-ci, qui avait une
mauvaise tête, s'en irait, et monseigneur
courrait après ; ou bien elle pleurerait,
elle jetterait les hauts cris, et son amant,
en ayant à la consoler, ne l'en aimerait
que davantage.

Aucun de ces moyens n'étant pratica-
ble, la noble dame s'était vue obligée

4..

de renoncer à déployer son autorité, jusqu'alors si puissante, et maintenant réduite à *zéro*, quoique pourtant son fils ne fît rien sans la consulter ; mais consulter les gens, n'est pas leur obéir aveuglément ; et la comtesse, accoutumée à cette obéissance aveugle, ne pouvait qu'avec colère sentir une volonté supérieure à la sienne. Oh ! combien volontiers elle aurait écrasé, pulvérisé Henriette, cette Henriette jadis si passionnément aimée ! cette Henriette, que la noble dame haïssait presque, parce qu'elle aussi échappait à sa domination !

Enfin, il avait été arrêté, après de longs débats, que la comtesse continuerait à traiter sa filleule avec sa bonté ordinaire ; qu'elle éviterait toutes les occasions de sonder les intentions de son fils ; qu'elle laisserait les deux amans se voir, s'aimer, se le dire, tout autant qu'ils le voudraient : de la tranquillité dont tous les deux jouiraient, naîtraient assurément l'ennui d'abord, la satiété ensuite.

« Eh ! qui sait, avait ajouté l'honnête Blandine, si la *Virago*, étourdie comme elle l'est, ne commettra pas quelqu'imprudence qui mette martel en tête à Monseigneur, fort chatouilleux sur la réputation des femmes, et jaloux comme la jalousie même!.. Alors il sera facile, par de petits mots adroitement placés, d'augmenter la mésintelligence... »

— Et peut-être encore, avait dit Sa Grâce à son tour, Henriette perdra-t-elle tous ses droits à l'estime de mon fils...»
Elle n'avait osé achever ; mais la discrète Blandine avait montré qu'elle comprenait sa maîtresse, en levant pieusement les yeux au ciel, et en disant : « Satan est fort et la chair est faible ! »

De même qu'au moment de la tem-
pête se taisent les vents, se calment les
flots de l'Océan, de même tout était en
paix autour d'Henriette, et rien ne pouvait faire prévoir, à son âme inexpéri-
mentée et franche, l'orage dont elle était
menacée. Moins confiant qu'elle, le comte
sentait au contraire ses soupçons excités;
une voix secrète lui disait que la conduite de sa mère était calculée; que
quelque piége était tendu à son Henriette
et à lui-même : il repoussait avec force
les pensées qui se présentaient à son esprit; elles auraient altéré son respect pour
sa mère; mais il veillait sur ses propres
actions avec plus d'attention que jamais,
mais il prenait soin qu'on ne pût soupçonner Henriette, d'être assez faible pour
accorder à l'amour ce qu'il ne voulait
obtenir que de l'hymen, et quelquefois
Henriette, surprise de sa prudence, de
sa circonspection, lui reprochait de n'a-

voir plus pour elle autant de tendresse
que lorsqu'il n'était qu'Ernest Waller.

« C'est justement, répondait le comte
avec un sourire, parce que je t'aime sincèrement et du plus profond de mon
âme.....

— Je n'en crois rien ! s'écriait la jeune
fille les larmes aux yeux, Tu m'évites,
et quand nous sommes seuls ensemble,
au lieu de me parler d'amour, tu me
contes des histoires qui ne m'amusent
guère ; ou bien tu me donnes des leçons
de littérature.... Et enfin, je vois bien
que tu ne viens plus me chercher aussi
souvent pour aller nous promener dans
les bois... Lorsque je te prends la main
à la dérobée, tu la retires bien vite....
Tout le monde sait pourtant que nous
nous aimons.... c'est-à-dire que tu m'ai-
mais autrefois.... car à présent !...

— Henriette, répliquait le comte d'une voix caressante, ah ! crois-moi, je t'aime plus que jamais !... Tu seras ma femme, ma compagne chérie !.. mais ma femme, ma compagne ne doit pas être soup- çonnée....

— Eh ! de quoi ?.... Ma petite mar- raine a raison : rien n'est plus facile que de rendre l'amour difficile.... et pour- tant.... »

Elle s'interrompait, soupirait, allait pleurer à l'écart, et la comtesse sou- riait en devinant, à la rougeur de ses yeux, que la pauvre enfant avait versé des larmes.

La baronne, au contraire, s'en alar- mait. Victime de l'orgueil de la noble dame, elle voyait dans Henriette une autre victime, qui serait sacrifiée tôt ou tard comme elle-même l'avait été, et, pas plus que le jeune comte, elle n'était dupe de la feinte bonté de Sa Grâce et de son indulgence extrême : seulement elle n'entrevoyait point le but où tendait cette perfide douceur, par la raison que, n'ayant rien d'aristocratique dans l'âme, son âme ne pouvait deviner une âme aristocratique.

Sébaldus, de son côté, n'était pas plus tranquille; il avait deviné les desseins de la noble dame, tout en se reprochant d'oser la soupçonner d'aussi odieuses pensées; souvent il s'accusait d'injustice envers la mère de son élève, sans pouvoir cependant se défendre des craintes qui troublaient son repos. Plus que jamais il voulait être le bon ange, le génie tutélaire de cette Henriette dont il ne pouvait devenir l'époux, et il se décida, après une longue hésitation, à

4...

sonder, non les intentions de la noble dame, mais celles du jeune comte.

Dès les premiers mots, Ernest s'écria : « Eh! quoi, vous qui avez formé mon cœur, vous avez pu douter de mes intentions?.... vous avez pu croire que je ne voyais dans Henriette que le jouet de mes passions ?.... Elle sera ma femme. La raison a confirmé le choix de l'amour.

— Mais Sa Grâce...,

— Ma mère sait que je ne veux rien à demi. Depuis deux mois elle a pu se convaincre que ma volonté est inébranlable : ma volonté est de prendre Henriette pour femme, et Henriette sera ma femme.

— Il est possible, dit encore le pasteur, qu'un demi-consentement lui soit arraché par son amour pour vous. Sa Grâce prend plaisir à se voir priée, suppliée.... D'ailleurs elle aime tant cette jeune fille..... »

Le comte sourit en faisant un signe de doute.

« Mon projet, dit-il après un moment de silence, n'est pas de prier, de supplier, mais de parler le langage de la raison; et, si je n'obtiens rien, d'agir, en dépit de toutes les oppositions du monde.... Je vous remercie, mon ami, de m'avoir averti.... Oui, il est temps de faire cesser des incertitudes qui pourraient avoir, pour mon Henriette, des conséquences pénibles. Dès ce soir je m'expliquerai avec franchise, au lieu d'opposer la ruse à la ruse, comme je l'ai fait jusqu'à ce jour. »

Sébaldus quitta le jeune comte, l'âme remplie d'inquiétudes et de tristes pressentimens pour l'avenir de ses deux élèves.

*****

CHAPITRE XLIII.

******

Le Drame commence.

« Elle est vraiment charmante! » dit le jeune comte en suivant des yeux Henriette, qui sortait du salon avec la baronne, après avoir pris congé de sa marraine jusqu'au jour suivant.

« Oui, » répondit Sa Grâce, feignant à dessein de se méprendre. « Elle est très bien conservée. Mais si vous l'aviez vue à dix-huit ans!

— Vous parlez de ma cousine, ma mère; et moi je parlais d'Henriette, de votre élève, de votre fille adoptive. Je trouve en elle le plus heureux mélange des grâces naïves de l'innocence, de la sensibilité *féminine*, et de la force d'âme qui distingue éminemment les femmes, et qui les place souvent bien au-dessus de l'homme, dans les peines ordinaires comme dans les circonstances difficiles.

— Je suis tout-à-fait de votre avis, » répondit la comtesse en prenant soudain son parti; elle voyait que le moment de l'explication, si long-temps éludée, était arrivé enfin. « Ce serait vraiment dommage, ajouta-t-elle négligemment, de gâter tout cela.

— De gâter!... et comment?

— Mais oui; en nourrissant dans la pauvre enfant des idées extravagantes.

— Mais lesquelles?

— Que sais-je!.... Henriette a un ex-cellent cœur, une belle âme, je me plais à le reconnaître hautement.... Ne blâ-meriez-vous pas, avec la plus grande sévérité, quiconque ferait son malheur?

—Assurément. Mais est-ce donc vou-loir faire son malheur que de l'aimer comme je l'aime, que de voir en elle la compagne de toute ma vie, mon épouse enfin? »

Tout le noble sang de la noble dame

bouillonna dans ses veines et enflamma ses joues; elle se détourna brusquement, et elle allait se lever, lorsque la main du jeune comte saisit la sienne.

« Ma mère, dit-il avec douceur, veuillez m'écouter patiemment. Il est possible que l'amour m'aveugle; que les vertus d'Henriette ne soient pas telles que je me les figure.... Mais vous qui l'avez élevée, vous qui avez veillé sur elle dès sa plus tendre enfance, ma mère, dites-moi ce qu'elle est en effet? »

La comtesse parut hésiter un moment, puis elle répondit, comme à regret : « Henriette est tout ce qu'elle paraît être. Son cœur est bon; sa vertu, sa candeur sont réelles.

— Ah! quel plus bel éloge peut-on faire d'une femme dans le siècle où nous sommes! dans ce siècle de vice et de perversité, se cachant sous de beaux dehors !

— Je pense comme vous, mon fils..... Ecoute, Louis, ajouta la noble dame d'un ton plus adouci; Henriette est digne de l'estime de tous les gens de bien, mais cela ne suffit pas.....

— Eh! quoi, ma mère, cela ne suffit pas? Quelle plus belle dot l'épouse peut elle apporter à son époux qu'une réputation sans tache, qu'une âme également sans tache, que les qualités les plus précieuses du cœur?

— Je suis de votre avis, mon fils, je le répète; mais encore une fois cela ne suffit pas, et ce n'est point sérieusement que vous m'avez dit tout-à-l'heure....

— C'est très sérieusement au contraire.

— Alors je ne sais que penser de vous, comte Louis! et malgré moi, je dois l'avouer, la haute idée que je m'étais faite de votre esprit.... de la justesse de votre jugement.... Non, il n'est pas possible.... Parlons d'autre chose, je vous en prie!

— Eh! pourquoi donc? Je me sens d'humeur belliqueuse, et très disposé à tenir tête à Votre Grâce dans une discussion un peu vive.

— La chose est, ou trop sérieuse pour en parler en plaisantant, ou trop ridicule pour la discuter sérieusement.

— Prenons-la au sérieux, je vous en

prie, et veuillez, ma mère, me dire ce
que vous pensez de ce mariage ? »

La noble dame fit un mouvement qui
montrait sa vive impatience, son indignation profonde ; mais se contenant :
« Eh ! bien, dit-elle, je vais m'expliquer avec autant de sang-froid.... qu'il
me sera possible..... quoique j'eusse
mieux aimé ne point entamer avec vous
de discussion sur une semblable matière.
J'ai toujours eu pour principe de ne mé-
priser personne, quelle que soit d'ailleurs la bassesse de l'extraction de tel
ou tel individu. Ainsi que l'ordonne
l'Évangile, je regarde tous les hommes
comme frères ; je les estime, je les aime,
je leur fais du bien ; et je traite avec
bonté jusqu'au dernier d'entre eux ;
mais cependant ma suprême loi, ce sont
les convenances établies dans le monde
pour le maintien des mœurs et de la

société. La plus belle carrière, mon fils, est ouverte devant vous ; il n'est rien à quoi vous ne puissiez prétendre, ainsi que vos descendans et vos arrières-petits-enfans ; mais si, par une mésalliance, vous souillez la pureté de votre race, toutes les carrières sont fermées, à vous et à votre postérité.

— Qu'importent les honneurs ! s'écria le jeune comte, à l'infortuné qu'un mal secret dévore ? Et ce mal, c'est la soif du bonheur ! Cette soif se fait sentir à celui-là même qu'entourent les pompes du diadême ! Couvert de la pourpre, le front ceint du bandeau royal, le roi le plus puissant de la terre est souvent réduit à envier le sort de l'humble paysan, qui oublie, près d'une femme chérie, les travaux du jour et les peines du lendemain.

— Eh ! comptez-vous donc pour rien

la gloire, l'admiration de ses contem-
porains, les applaudissemens du monde
entier?...

— Vaine fumée que tout cela!

— Ah! si vos ancêtres avaient eu
cette coupable indifférence, la renommée
du nom que vous portez....

— Qu'est-ce qu'un nom?

— Tous se sont illustrés.

— Et pas un peut-être n'a su trouver
ni donner le bonheur!... C'est une gloire
aussi, ma mère, sur cette terre où chacun souffre et gémit, que d'être heureux
et de faire des heureux; que de poser
soi-même les fondemens de sa propre
félicité, et de trouver dans cette félicité
une source inépuisable de bienveillance

pour tout ce qui respire !.... Voilà la
gloire que j'envie, et que je veux ac-
quérir..... Le monde, la société me re-
pousseront peut-être; mes amis, si j'en
ai, me resteront fidèles. Si je sens le
besoin de m'entourer d'indifférens et de
sots, une table bien servie, des fêtes,
des parties de chasse, ramèneront autour
de moi tous ceux qu'une susceptibilité
extrême en aura d'abord éloignés, et la
foule des flatteurs se pressera autour de
moi et de mon Henriette. »

En disant ces mots, le comte porta à
ses lèvres la main de sa mère, et se retira,
sans donner à Sa Grâce le loisir de faire
de nouvelles objections.

Le langage ne peindrait que faible-
ment ce qui s'était passé dans l'âme de la
noble dame pendant cet entretien, et ce
qui s'y passa lorsque son fils la quitta,

après avoir déclaré si positivement que
sa résolution était prise et qu'il épouserait
Henriette. Elle se serait trouvée mal,
elle aurait eu des attaques de nerfs, si le
comte fût resté ; mais, à l'exception d'un
battement de cœur assez violent et du
tremblement causé par une colère qui
s'exhala en paroles entrecoupées, elle
n'éprouva aucun de ces accidens qui ont
toujours lieu, en pareil cas, devant témoin : et pourtant la discrète Blandine
eut à essuyer le récit des contractions
nerveuses, des spasmes excités chez sa
maîtresse par une si juste cause ; aussi
l'eau de Hongrie, l'esprit de corne-de-
cerf ne furent-ils pas épargnés ce soir-là,
au coucher de la noble dame.

« Ah ! disait-elle, trouve un moyen de
les séparer, d'empêcher mon fils de souil-
ler la pureté de son arbre généalogique,
et je me porterai bien !

— Il vaudrait mieux, répliqua la prudente soubrette, que Votre Grâce fût malade, bien malade, malade tout de bon!

— Comment, Blandine?

— Monseigneur a bon cœur, madame la baronne a bon cœur, Henriette aussi... Monseigneur prendrait de l'inquiétude, madame la baronne en prendrait de son côté; Henriette qui aime Votre Grâce, c'est une justice à lui rendre.....

— Ah! que je vais me bien porter!... Non, je suis malade! s'écria la noble dame toute rayonnante. Blandine, tu es une fille impayable.... quoique pourtant rien de ce que tu avais prévu ne soit arrivé!... Si je m'étais avisée plus tôt de ce moyen...... Hélas! Dieu sait ce qu'il produira!... Il l'aime comme un fou.... elle

l'aime comme une folle.... mais son cœur
est bon.... et elle m'aime aussi.... Blandine, je suis malade, bien malade, à
partir de demain.

— De ce soir, si j'ose le dire à Votre
Grâce. C'est la suite toute naturelle....

— Oui, oui, de l'entretien que j'ai eu
avec mon fils... Quelle maladie aurai-je?
La fièvre?.... Faudra-t-il garder le lit?

— Pas tout de suite, Votre Grâce.
D'abord de la tristesse, pas d'appétit,
point de sommeil, un air languissant,
abattu, des larmes dans les yeux....

— Oh! cela me sera facile, car je
pleure de rage chaque fois que je songe...

— Alors, plus Votre Grâce y songera,
mieux cela vaudra. »

Dès le jour suivant, la noble dame commença à jouer son rôle, mais avec une telle mesure, qu'on aurait dit que la nature s'était trompée en la faisant naître comtesse, tant elle se montrait excellente comédienne.

Malheureusement un événement tout-à-fait imprévu, vint le surlendemain même diviser l'attention de Sa Grâce, et la distraire fort mal à propos du sujet sur lequel elle devait réunir sans cesse ses pensées, afin d'avoir toujours des larmes dans les yeux; des larmes prêtes à couler, en cas de besoin; et cet événement n'était rien moins que l'occupation de la Prusse-Polonaise et d'une partie de la grande Pologne par les troupes de Frédéric II. Le *Grand* roi prenait sa part, conjointement avec l'Autriche et la Russie, de cette noble contrée toute peuplée de héros, que chacun des co-partageans

s'adjugeait de bon accord ; de même que,
dans les camps des Tartares, les vain-
queurs se partagent et s'adjugent les
troupeaux nombreux des vaincus. Ce
n'était pas que la noble dame blâmât
ce partage d'une nation dont les droits
avaient été si éloquemment défendus
par les écrivains français de cette époque, qu'elle détestait cordialement, et
surtout par J.-J. Rousseau, que le jeune
comte, au contraire, admirait et aimait
avec toute la passion de son âge; pas du
tout : mais ce qui fâchait la noble dame,
c'était le passage de quelques vingt mille
hommes dans la contrée. D'après la route
qu'ils prenaient, nul doute qu'à Spielberg chaque paysan n'eût à loger au
moins huit ou dix hommes à-la-fois, et
que l'état-major ne s'installât sans cérémonie au château : or, c'est ce dont Sa
Grâce ne pouvait supporter la pensée.
Elle résolut d'écrire sans retard aux

amis qu'elle avait *en cour,* pour les char-
ger de demander un contre-ordre qui
obligeât les troupes du grand roi à faire
un petit détour, ou bien d'obtenir une
exemption pour sa terre d'un impôt
qu'elle ne pouvait, elle, comtesse de
Turneisenn, être tenue de payer comme
les bourgeois des villes du royaume.

Ce message à Berlin, que le comte
assurait ne devoir amener aucun résultat,
fut la cause de plus d'une querelle fort
vive entre la mère et le fils; et comme
dans la chaleur des discussions, qui
bientôt eurent pour objet le sort de cette
noble nation polonaise, lâchement sacrifiée à l'ambition de trois puissances de
l'Europe, Sa Grâce montrait une vigueur
qui démentait ses plaintes continuelles
sur le dépérissement de sa santé, le
comte fut amené malgré lui à observer
sa mère, pour s'assurer si elle était ma-

lade en effet. Ayant acquis la certitude qu'elle jouait la comédie, il n'eut pas de peine à deviner le but où elle tendait, et il fut au moment de prémunir Henriette contre l'attaque qu'on lui préparait.

« Non, se dit-il après un moment de réflexion ; qu'elle ignore toujours qu'on peut feindre ! Elle pourra accuser sa bienfaitrice d'injustice, mais que jamais elle n'ait lieu de l'accuser de fausseté !... Que, dans cette occasion encore, elle puisse montrer toute la bonté, toute la beauté de son âme angélique; et si ma mère n'est pas attendrie de la manière dont mon Henriette sortira de cette épreuve... eh! bien, sans l'implorer davantage, je conduirai mon Henriette à l'autel... Pauvre Henriette !... tes larmes vont couler ! ton cœur va être blessé

dans le point le plus sensible !... Ce sera
ma main qui essuiera tes larmes, et mon
amour te dédommagera de quelques instans de souffrance ! »

*****

CHAPITRE XLIV.

*****

𝕰𝔩𝔩𝔢 𝔢𝔰𝔱 𝔱𝔬𝔲𝔧𝔬𝔲𝔯𝔰, 𝔢𝔩𝔩𝔢 𝔢𝔰𝔱 𝔱𝔬𝔲𝔧𝔬𝔲𝔯𝔰 𝔩𝔞 𝔪𝔢𝔪𝔢.

« Ma marraine est de bien mauvaise humeur depuis quelques jours, dit un matin Henriette à la baronne. Par moment il me semble qu'elle est fâchée contre moi.... Mais non ; c'est tout sim-

plement l'approche de ces troupes qui
la fâche.

— Ma tante est malade, répondit Augustine, qui était dupe du stratagême de
la noble dame. J'ai cru même voir des
larmes dans ses yeux.

— Oui? Eh! bien, moi aussi; vous
avez raison, petite marraine, il faut
qu'elle soit malade réellement, pour
avoir envie de pleurer comme cela sans
sujet. »

La baronne se taisant, Henriette répéta : « Sans sujet, n'est-ce pas? Je ne
vois pas du tout ce qui pourrait la cha-
griner, maintenant que son fils est auprès
d'elle. Et vous aussi, petite marraine,
vous avez un air.... un air que je ne
peux dire, et qui me tourmente.... Et
moi.... j'ai comme un poids là, sur le

cœur!... Jusqu'à mon père, qui est bourru et grondeur.... Nous devrions être heureux et contens pourtant... Dieu le sait!.. Ah! cette maudite politique! elle est cause de tout le mal!.... Depuis que.... le comte lit sans cesse les journaux de France et d'Allemagne, et toutes ces brochures qui couvrent la table du salon, il est continuellement en querelle avec Sa Grâce.

— Henriette, dit la baronne avec un accent singulier, est-ce qu'en effet tu ne devinerais pas le véritable motif de l'humeur trop visible de ma tante contre toi? »

Pour toute réponse, la jeune fille fondit en larmes et cacha ses joues brûlantes dans le sein de sa meilleure amie : mais s'essuyant les yeux aussitôt, elle dit : « Il faudrait être une imbécille

5...

pour ne pas deviner tout.... Je n'osais
pas vous en parler la première, petite
marraine.... à cause de cet air, de votre
air.... si étrange.... Avec mon père, c'est
la même chose.... Ah! depuis que Waller est devenu Monseigneur....! hélas!
quelle différence!.... Il y a comme des
gros nuages noirs entre nous tous.... On
dirait que nous n'avons plus rien à nous
dire.... Oh! si nous pouvions encore être
comme autrefois, confians, sans détours,
heureux tout le long du jour!.... Je sais
bien que Sa Grâce ne veut pas de moi
pour la femme de son fils....

— Qui te l'a dit? demanda Augustine.

— Quelque chose là! » Et Henriette
posa tristement la main sur son cœur.
« Ce quelque chose, je l'ai senti tout
de suite quand Waller le braconnier

a dit dans la grande salle : *Je suis Ernest Louis, comte de Turneisenn!...* Depuis ce moment, petite marraine, je n'ai eu que des nuits sans sommeil et des jours bien tristes!.... N'est-ce pas que Sa Grâce ne voudra jamais que je devienne la femme de son fils?

— Je le crains, répondit la baronne avec un profond soupir.

— Et je ne peux lui en vouloir, reprit Henriette. Si encore j'étais la fille de mon père, j'aurais un nom.... Maugrebleu! qui diable a eu l'invention....

— Henriette, Henriette!... si le comte t'entendait!....

— Eh! bien, il dirait que je n'ai pas perdu l'habitude de jurer rondement; et c'est bien le moins quand on étouffe!....

Cela commence à m'ennuyer au moins, cet amour qui me tient pieds et poings liés !

— Comment, que dis-tu ?

— Je dis que, pour un rien, j'abandonnerais la partie. L'amour, c'est comme une chaussure trop étroite qui vous empêche de sauter et de courir. Autrefois je riais de si bon cœur !.... j'étais libre et joyeuse.... A présent.... » Elle soupira.

« Ces regrets, dit la baronne, pourraient faire croire que ton cœur a changé.

— Je n'en sais rien ; mais ce qu'il y a de certain, c'est que, par moment, j'envoie à tous les diables l'amour.... et le reste.

— Le comte aussi ?

— Pourquoi non ?.... Cela m'ennuie souvent de me sentir comme cela prise par le cœur, de ne voir que des figures longues d'une aune, y compris la mienne, et de penser toujours et toujours à la même personne.

— Tu es une fille bien singulière !.... Mais alors, ne fut-ce que pour changer de situation, tu renoncerais, sans trop de regret, à l'amour du comte ?

— Je n'ai pas dit cela ! répliqua Henriette vivement.

— Que veux-tu donc ?

— Je veux être heureuse et voir tout le monde heureux, à commencer par vous, que j'aime sans que cela me lasse ;

par mon Ernest, que j'aime aussi, quoiqu'il me fasse quelquefois pleurer et
puis jurer comme un grenadier ; par ma
bonne comtesse, qui ne se fâchait autrefois que par-ci par-là contre sa *Virago*,
et qui la boude maintenant au jour la
journée ; par mon père, qui est devenu
un véritable bâton d'épines, qu'on ne sait
par quel bout prendre.... Et tout cela,
à cause de ce chien d'amour !.... Mais
c'est que je ne vois pas du tout comment cela tournera.... Et vous, petite
marraine ?

— Ni moi non plus, mon enfant.
Ainsi que toi, je prévois bien des orages,
bien des peines....

— Et des malheurs !.... Oh ! il y aura
des malheurs, c'est sûr !

— Henriette, que veux-tu dire ?

— C'est le nœud gordien que tout
cela, petite marraine!.... mais qui est-ce
qui peut dire quand il sera coupé, et
qui le coupera?.... car, pour le défaire,
ça n'est pas possible! .

— Henriette, au nom du ciel, que se
passe-t-il dans ta tête?

— Ce qu'il y passe? des mille millions
de légions de diables qui me tiraillent
la cervelle dans tous les sens, et me
font vouloir à-la-fois dix choses qu'on
ne peut pas vouloir ensemble!.... Ma
tête bout comme une chaudière sous laquelle on a fait un grand feu, et le feu
qui la fait bouillir est là! » Et de
nouveau elle pressa de la main droite
son cœur, dont les battemens étaient
rapides.

La baronne, inquiète, regardait Henriette, qui était redevenue soudain la *Virago*, après avoir prouvé pendant trois mois, par ses manières douces et polies, que l'amour est un grand maître. Mais toutes les instances d'Augustine ne purent obtenir de la jeune fille, de dire de quels *malheurs* elle avait voulu parler ; quels étaient les malheurs qu'elle prévoyait.

La baronne en prévoyait aussi, et celui qu'elle redoutait pardessus tout, pour le comte, c'était la malédiction maternelle ; elle le connaissait assez pour savoir qu'il oserait la braver, et, oubliant toutes les douleurs accumulées par sa tante sur sa tête, elle ne songeait qu'à la douleur de cette mère hautaine, trouvant dans son fils, dans son unique enfant, un fils, un enfant rebelle à une volonté si long-temps toute puissante.

Henriette quitta le château avant l'heure du dîner, et retourna à la demeure de Jean Pouff : sa démarche annonçait un cœur agité, une tête fortement préoccupée.

« Mon père, dit Henriette en s'asseyant auprès du grand fauteuil où le vieillard était cloué par la goutte, je ne sais pas pourquoi vous me traitez comme une poule mouillée, comme un enfant à qui l'on ne peut encore parler raison. Il faut que cela finisse. Sa Grâce est malade, malade du chagrin que je lui cause.

— Sa Grâce est malade? s'écria Jean Pouff en faisant un mouvement pour se lever.

— Restez tranquille, puisque vous ne pouvez pas marcher. A quoi bon réveiller le mal quand il dort, et vous exposer à jurer comme un païen !.... Je suis de mauvaise humeur ; je jurerais avec vous, et peut-être contre vous, et cela n'aboutirait à rien.

— Où veux-tu en venir, et pourquoi es-tu de mauvaise humeur ?

— Je suis de mauvaise humeur, parce que vous auriez dû me dire, tout d'abord : *Henriette, le comte ne peut pas être ton mari.* J'aurais pris alors mon parti.... Mais vous ne disiez rien, la baronne non plus, Sa Grâce non plus, et j'ai cru que cela irait tout seul ; d'autant que le comte m'en parlait, lui, comme d'une chose faite, que Sa Grâce me souriait comme de coutume.... Mais voilà que bientôt tout s'est rembruni ; et aujourd'hui tout est si noir, qu'on n'y voit plus goutte..... si ce n'est moi ;

je n'y vois que trop clair.... Mais avant de jeter le manche après la cognée, il faut examiner un peu s'il n'y a point de remède. Etes-vous bien sûr de ne con-naître ni mon père ni ma mère?

— Si j'en suis sûr? s'écria Jean Pouff tout étourdi du discours d'Henriette et de sa volubilité. Que trop sûr, J'ai fait des recherches dans le temps; mais c'é-tait vouloir trouver une aiguille dans une botte de foin!.... Il avait passé par ici un régiment de chasseurs à cheval, et les enfans poussaient sous les arbres de la forêt aussi vite que les champi-gnons.... Et voilà qu'aujourd'hui il nous arrive vingt mille homme d'infanterie, de cavalerie, d'artillerie....

— Cela donnera aux habitans de Spielberg encore une belle récolte des mêmes champignons, dit Henriette d'un ton bref ; et, dans dix-sept ou dix-huit ans, il y aura aussi plus d'une pauvre fille qui demandera, le cœur gros de chagrin : *Etes-vous bien sûr de ne connaître ni mon père, ni ma mère?*

— Mais n'as-tu pas un père qui t'aime? reprit Jean Pouff avec émotion. N'es-tu pas ma fille, ma fille chérie? »

Henriette lui sauta au cou, l'embrassa vivement à plusieurs reprises, et, *renfonçant* ses larmes prêtes à couler, elle dit : « Jusqu'à présent, je ne me suis pas mise en peine de cette bourse en soie verte et de ce mouchoir de soie si singulièrement bariolé, que vous m'avez montrés, en me disant qu'ils s'étaient trouvés enveloppés dans les langes qui me couvraient. Maintenant je veux les avoir, les avoir en ma possession. J'ai dans l'idée que cela m'aidera à retrouver mes parens.

— Tes parens! Tu es donc lasse de
ceux que le Ciel t'a donnés ?

— Vous savez bien le contraire. Si
j'étais vraiment *votre fille*.... ah ! je serais trop heureuse!.... Mais je ne suis
la fille de personne, et je veux l'être de
quelqu'un; je veux avoir un nom à moi,
une famille à moi, dussé-je perdre au
change.... et j'y perdrai.... car ceux qui
ont pu m'abandonner n'avaient pas le
cœur de mon père ! » Et elle l'embrassa
encore avec effusion.

« Tiens, voilà ma clef, dit le pauvre
Jean Pouff tout ému. Dans le haut de
ma grande armoire, tu trouveras la
carnassière en peau de blaireau, qui fut
ton premier berceau, et que j'ai conservée comme une relique, en ayant soin
de la mettre à l'air de temps en temps,
pour empêcher les mites de s'y loger.

Dans la carnassière, tu trouveras la bourse et le mouchoir de soie bien enveloppés. Quant aux trois cents frédérics d'or.... »

Mais Henriette était déjà partie.

Arrivé en deux bonds à la chambre de Jean Pouff, elle ouvrit l'armoire, en tira la carnassière, et de la carnassière la bourse et le mouchoir de soie. Alors ses larmes, long-temps retenues, commencèrent à couler; alors, pour la première fois, elle sentit avec une amertume inexprimable l'isolement où elle était sur la terre, et elle rejeta loin d'elle cette bourse, ce mouchoir qu'elle venait de presser sur ses lèvres et sur son cœur.

« Ils m'ont repoussée! ils m'ont abandonnée! disait-elle au milieu des sanglots. Ils m'ont jetée sur la terre sans nom, sans appui, sans abri !.... A quoi

bon les chercher ?.... Pour avoir un
nom?... Celui d'Henriette me suffit! Si
je les retrouvais, pourrais-je les aimer?
Les aimer! eux qui n'ont pas eu un peu
d'amour pour l'enfant de leur amour!...
Avais-je demandé à naître?.... avais-je
demandé cette vie qu'ils m'obligent de
maudire?.... cette vie, seul présent que
j'aie reçu d'eux?...Oui, je les chercherai;
je les trouverai, et je leur dirai : « Voilà
ce que vous avez fait pour moi; voilà le
fardeau auquel vous m'avez condamnée!
En retour de tant de douleurs, donnez-
moi un nom, afin que je puisse être heureuse!.... afin que je ne doive point fuir
à jamais Ernest, mon Ernest, le bonheur
de ma vie, la vie de ma vie! »

—Henriette! dit à haute voix le vieux
Pouff, qui était parvenu à se traîner seul
jusqu'au pied de l'escalier : descends, je
t'en conjure ! »

A l'instant la tête de Henriette se calma ; elle mit dans son sein le mouchoir, la bourse, et elle redescendit vers son père adoptif, qu'elle reconduisit au grand fauteuil, en le grondant avec douceur de s'être hasardé à marcher sans son secours ; et le reste de la journée, elle se montra assez paisible, quoiqu'absorbée en elle-même.

CHAPITRE XLV.

******

Franchise et Déloyauté.

Le jour d'après, Henriette était levée avec le soleil.

« Il faut en finir, se disait-elle en s'habillant. Je ne veux pas qu'elle meure,

qu'elle meure de chagrin.... d'un chagrin dont je suis la cause.... Si j'avais
pu attendre jusqu'à l'arrivée de ces
vingt mille hommes !.... Oui, mais elle
peut devenir plus malade d'ici là, et
alors le remède viendrait trop tard....
Pourvu que j'aie le courage de dire sans
pleurer.... car si je pleure.... Elle est si
bonne !... elle m'aime tant !... Sans elle,
la femme de mon père m'aurait repoussée.... Si j'ai vécu heureuse, c'est grâce
à ses bienfaits.... Et j'hésiterais !... Non,
je n'hésite pas. »

Henriette se glissa sans bruit hors de
la maison, où tout le monde dormait
encore, mais elle n'arriva au château
qu'à une heure convenable pour se présenter chez la comtesse : tout ce qu'Henriette avait craint, c'était de rencontrer
Ernest ; heureusement pour elle, elle ne
l'aperçut même pas, et elle parvint sans

obstacle à l'appartement de la noble dame.

« Oh ! Sa Grâce, dit la discrète Blandine à Henriette, qui l'interrogeait vivement, a eu une très mauvaise nuit ; elle ne s'est pas levée hier de la journée..... Sa Grâce ne veut absolument pas voir le docteur Muller, qui est en tournée dans les environs.... Il y a quelque chose là-dessous.

— Ne puis-je entrer chez ma marraine ? demande Henriette.

— Un moment ; je dois aller voir d'abord si Sa Grâce repose.... Après une nuit comme la dernière....

— Allez donc vite ! » s'écrie Henriette qui bout d'impatience.

Il se passa quelque temps avant que la

6..

prudente Blandine reparût, et enfin Henriette se vit admise auprès de sa marraine. Elle courut se jeter à genoux au chevet du lit, en disant d'une voix émue : « Oh! parlez-moi, parlez-moi, je vous en conjure!

— Que puis-je te dire ? répliqua la noble dame d'une voix languissante. Je suis bien malade!

— Oh! non, non!.... Dites que vous ne mourrez pas !

— Plût à Dieu', au contraire, que mes jours fussent comptés!

— Ne parlez pas ainsi, par pitié pour moi qui vous aime, qui vous révère! »

La noble Dame soupira hautement, de manière à être entendue, et Henriette

saisit une main qu'on retira aussitôt
avec colère.

« Hypocrite! s'écria la comtesse, se
laissant emporter par la passion et oubliant le rôle qu'elle devait et voulait
jouer. Mieux que personne tu connais la
cause de mon mal !... C'est toi qui me
tues! c'est toi qui me plonges le poignard
dans le cœur ! Je ne suis point la dupe
de tes perfides caresses, de ton affection
mensongère!... Tu ne peux être sa femme, entends-tu ?.... Non, tu ne peux
être que sa maîtresse!

— Sa maîtresse! s'écrie Henriette en
se levant soudain. Sa maîtresse! répète-
t-elle avec l'accent de la fierté blessée,
avec le sentiment de sa propre dignité.
Et c'est Votre Grâce qui me dit.... Ah!
revenez à vous, ma bienfaitrice!....

— Que viens-tu faire ici?.... me braver, n'est-ce pas? » reprend la noble dame ; elle se met brusquement sur son séant, et jette sur Henriette des regards irrités.

« Je venais, répond la jeune fille qui a recouvré son sang-froid et toute sa fermeté, je venais, au contraire, pour vous annoncer que je suis prête à faire le sacrifice.... » Elle ne put achever.

« Assieds-toi là, dit la noble dame d'un ton plus doux. Je veux, Henriette, que nous causions, comme autrefois, de bonne amitié. Je sais que tu as le cœur trop bien placé pour être la maîtresse de personne, pas même de mon fils.... Allons, écoute-moi donc tranquillement!... Tu vois que je te rends justice: mais toi tu sais, de ton côté, que tu ne peux être sa femme... Eh! bien, te voilà tout en larmes?

— Non, je ne pleure pas, répond Henriette d'une voix assez ferme. Et c'est justement pour vous dire que je ne peux être sa femme, que je suis venue.

—Est-il possible !.. Que je t'embrasse, ma *Virago* ! Je savais bien que tu entendrais raison, toi !.... Mais écoute, tant que tu seras ici....

— Je m'en irai, et bientôt, vous pouvez y compter.

— Laisse-moi donc parler.... Tu t'en iras sans doute, mais mariée....

—Mariée! et à qui?

— A ce pauvre Durst....

—Vous moquez-vous? Moi, la femme de Durst! moi!....

— Le premier il a fait battre ton cœur !

— Lui ! par-là morbleu !....

— Henriette, Henriette !....

— Mais c'est que je ne souffrirai pas qu'on avance un mensonge comme celui-là ! Mon cœur n'a jamais battu et ne battra jamais que pour Ernest !

— Il n'est pas question du comte Louis, tu le sais bien.... Au reste, si Durst te déplait, j'en serai quitte pour le renvoyer à Neerbourg.

— Le renvoyer ! Est-il donc ici ?

— Je l'attends demain. »

Henriette fit un mouvement qui décélait la plus vive impatience, puis elle sourit en disant : « Tant mieux. Je ne serai pas fâchée qu'Ernest voye ce *rival*, qui lui inspire encore de la jalousie, quoique j'aie pu lui dire pour le tranquilliser.... Comme il en rira quand il connaîtra le pauvre Durst !

— Si Durst ne te convient pas, reprit la comtesse avec une feinte bonté, nous choisirons pour toi un autre époux.

— C'est inutile. J'ai juré à Ernest.... » Elle s'arrêta, pâlit, et dit en levant les yeux au ciel : « J'ai juré d'être à lui, à lui ! et aujourd'hui.... Oh ! prenez pitié de moi ! » s'écria-t-elle, et elle tomba à genoux devant la noble dame. « Ne me forcez pas à me parjurer !....

— Sois donc raisonnable, Henriette. Tous ces sermens-là n'engagent point.

6...

— Alors quel est le serment qui engage? dit la jeune fille avec exaltation. Si après avoir pris Dieu à témoin....

— Henriette, je suis malade, et ton obstination me cause des palpitations de cœur. »

Henriette baissa la tête et ne répondit plus rien à tout ce que Sa Grâce jugea à propos de lui dire, pour la convaincre que les promesses d'amour ne sont que jeux d'enfans ; elle écouta de même en silence le détail des brillans avantages que Sa Grâce lui ferait, si elle voulait épouser Durst ou tout autre; et ce fut seulement lorsque la noble dame se tut, qu'elle dit d'un ton lent, mais décidé : « Je ne me marierai point.

—Mais, tant que tu seras libre, le comte Louis conservera de l'espoir!..

Henriette, tu conçois toi-même que, pour rendre mon fils à la raison.....

— Il faut me sacrifier, et je me sacrifierai; mais je ne me marierai point.

— Henriette, tu n'es pas de bonne foi, tu me trompes. »

La jeune fille s'éloigna brusquement.

« Promets-moi, s'écria la noble dame avec vivacité, que mon fils ne saura pas un mot de cet entretien ! -

— Je vous le promets. » Et Henriette quitta la comtesse sans daigner tourner les yeux vers elle.

« Oh! elle cédera, dit Sa Grâce à la prudente Blandine. Je lui ferai un pont d'or; je la comblerai de cadeaux, de

parures, de bijoux.... Aujourd'hui je
vais me *mieux porter*.... Elle attribuera
ce changement à ce qui vient de se passer entre nous ; cela l'affermira dans cet
accès de générosité auquel je ne m'atten-
dais guère, et tout ira bien. »

Henriette sortit du château sans songer à voir la baronne.

« Tout me manque, se disait-elle ; je
ne dois plus compter que sur moi-
même. Si j'avais de l'argent, je partirais
à la minute ; mais allant à pied, je serais
bientôt rattrapée, et Sa Grâce dirait encore
que je ne suis pas de bonne foi, que je
la trompe, comme si je pouvais empêcher Ernest de courir après moi !

—L'avant-garde! l'avant-garde! » cria
un paysan tout effaré ; et il passa devant
Henriette en se dirigeant vers le château,

Au même instant, Henriette aperçut sur la hauteur un gros de cavalerie, bientôt après des fantassins, le sac sur le dos.

« Dieu soit loué! s'écria-t-elle avec des yeux étincelans. Ils ne pouvaient arriver plus à propos! » Et elle marcha à leur rencontre.

A la nouvelle de l'approche de l'avant-garde, tout fut en rumeur dans le village et au noble manoir. Les jeunes gens, les jeunes filles volaient au-devant des troupes du grand roi; les vieilles gens murmuraient, se hâtaient de cacher ce qu'ils possédaient de plus précieux, et de faire disparaître tous les hôtes de leur basse-cour. Au château, la confusion, l'inquiétude, l'humeur, n'étaient pas moins grandes. Sa Grâce, oubliant qu'elle était malade *à la mort*, se faisait habiller en toute hâte; elle ordonnait de fermer les portes, de refuser même d'écouter les parlementaires qui se présenteraient pour traiter des logemens, des vivres à fournir; et Augustine, étonnée autant qu'alarmée de ces préparatifs hostiles, disait à sa tante : « Mais Votre Grâce veut-elle donc forcer les troupes de notre souverain à faire le siége du château ?

— Je veux être maîtresse chez moi ! répondait la noble dame. Tout roi qu'il est, Frédéric n'a pas le droit de m'obliger d'admettre, sous mon toit et à ma table, des gens que je ne veux pas recevoir.

— Mais, ma tante....

— Taisez-vous, et allez dans votre appartement.... J'ai assez de tête pour braver seule l'orage... Où est mon fils ?»

Personne ne put le dire.

« Je vais moi-même veiller à ce que mes ordres soient exécutés, » reprit la comtesse. Elle descendit au salon, et, en y entrant, elle fronça le sourcil; un officier en bottes et en éperons, l'uniforme couvert de poussière, le sabre au côté, le casque en tête, s'y promenait à grands pas.

« Que faites-vous ici? que voulez-vous? demanda la noble dame, qui se redressa fièrement.

—Est-ce à madame la comtesse de Turneisenn que j'ai l'honneur de parler?

—A elle-même.

—Je viens faire préparer les loge-mens pour quatre mille hommes qui ar-

riveront aujourd'hui. Les soldats loge-
ront chez le paysan, les officiers chez le
pasteur, chez le bailli et chez les gros
fermiers du pays ; l'état-major s'établira
au château.

— Eh! de quel droit, s'écria la comtesse d'un ton plein de hauteur, ma
terre est-elle ainsi mise au pillage?

— Au pillage! » répéta l'officier stu-
péfait.

En cet instant le comte parut, et à
sa vue la noble dame se souvint tout-
à-coup qu'elle n'était plus, comme autrefois, souveraine et maîtresse. Elle at-
tira son fils dans l'embrasure d'une fenêtre, et lui parla tout bas avec beaucoup de vivacité. Il sourit, répondit en
peu de mots, et, se tournant vers l'officier, il lui dit d'un ton poli : « Veuillez

me suivre. » Tous les deux sortirent.

La noble dame, restée seule, se jeta dans son grand fauteuil de velours cramoisi, et demeura les yeux fixés sur l'avenue qui conduisait au château. Bientôt elle vit arriver Hartmann, le nouveau bailli; le pasteur et le marguillier.

« Allons, dit-elle d'un ton plein d'amertume, c'est une chose décidée!... Il faudra loger, héberger ces vingt mille hommes, et même cent mille, si notre roi le juge à propos..... Il faudra admettre à ma table l'état-major, tout composé sans doute d'officiers de fortune.... car, aujourd'hui, la noblesse n'est plus comptée pour rien dans les cadres de l'armée!... Si je m'enfermais dans mon appartement!.... Mais non; le comte Louis les comblerait de politesse.... Je resterai pour leur faire sentir... Et pas de réponse de Berlin !... C'est incroyable !... Quel temps ! quelles mœurs !... Allons, nous voici envahis comme un pays conquis ! Dieu sait ce qui résultera de tout ceci !... Tout va être dévasté, pillé ; et, peut-être pour adieu, nous laissera-t-on quelqu'incendie !... Je les connais, de reste, les troupes de Frédéric !... Amis, ennemis, pour ces soldats, la lie des nations de l'Europe, c'est tout un ! »

Pendant une heure encore, la noble dame continua à gémir, à soupirer, à maudire la passion des conquêtes, et même les conquérans, sans pouvoir trouver un moyen d'échapper à l'impôt levé sur elle et ses vassaux par Frédéric-le-Grand.

******

CHAPITRE XLVI.

******

Un coup de tête.

« Le Général, ma belle enfant ? répondit à Henriette un vieux grenadier en relevant sa moustache grise ; il est encore à Berlin, je pense. Mais si vous pouvez vous contenter du colonel qui

commande en second la division, vous n'avez qu'à pousser jusqu'au village......
Tenez, le premier village à gauche sur la route.

— Le village de Buhler ? dit Henriette.

—Justement ; mais, à votre place, je l'attendrais à Spielberg ; il doit y coucher ce soir.

— Merci ! » repartit la jeune fille qui marcha en avant, dans la direction du village de Buhler, et, une heure après, elle apercevait les premières maisons de la grande rue.

« Je veux parler au colonel commandant en second la division, dit-elle à un officier qui se dandinait à la porte de l'auberge.

— Entrez, ma princesse. Le colonel
aime beaucoup les belles filles comme
vous. »

Elle entra dans l'auberge, et on la
conduisit à la chambre du colonel, qu'elle
trouva fumant paisiblement avec deux
autres officiers.

— C'est donc pour affaire secrète? »
dit le colonel à Henriette qui demandait
à lui parler sans témoins. Il fit un signe,
et les deux officiers s'éloignèrent.

« De quoi s'agit-il, ma belle? continua le colonel en rapprochant son fauteuil de la chaise qu'elle avait prise, sur
son invitation.

—Monsieur le Colonel, répondit Henriette, je vais vous le dire en peu de

mots...., si je puis, car l'histoire est longue.... mais, pour le moment, on peut
se borner aux faits principaux. Il y a dix-
neuf ans, le régiment de chasseurs à
cheval de Daack passa deux mois en
cantonnement dans les environs de
Spielberg.

— Rien n'est plus vrai, ma belle enfant, et je crois qu'on en a conservé le
souvenir dans le pays.

— Que trop, Monsieur le Colonel,
car peu de temps après....

— Eh! bien?

— Eh! bien, il y eut alors bien des
enfans sans père ni mère.

— Je comprends, répliqua le colonel
avec un sourire.

— Et je suis un de ces enfans-là, Monsieur le Colonel. »

Il ôta de sa bouche sa longue pipe richement montée en or, et regarda Henriette avec un mélange d'intérêt et de curiosité.

« Oui, Monsieur le Colonel, reprit Henriette d'un ton qui trahissait une vive émotion. Le Ciel eut pitié de moi. Le forestier en chef de Sa Grâce, m'ayant trouvée dans sa carnassière de peau de blaireau, m'adopta pour sa fille ; Sa Grâce devint ma marraine.

— Sa Grâce! la comtesse de Turneisenn?

— Oui, Monsieur le Colonel.

— Elle vit donc toujours, la vieille Madone?

— Heureusement, pour le bonheur de tous ceux qui l'entourent!

— Et pour leur malheur aussi!..... Continuez.

— Je vécus ainsi pendant dix-huit années, heureuse, sans souci, sans chagrin.... Si cela avait pu toujours durer!

— Et pourquoi cela ne dura-t-il pas? »

Henriette rougit, hésita.... mais prenant soudain son parti : « Parce que l'amour s'en est mêlé, répondit-elle vivement; parce qu'il s'est trouvé qu'Ernest Waller n'était point Ernest Waller, mais qu'il était le comte Ernest Louis de Turneisenn, le propre fils de Sa Grâce. Il était revenu incognito dans le pays.... Enfin, Monsieur le Colonel, l'histoire serait longue s'il fallait tout dire.

—Je vous en dispense.... D'ailleurs, il est facile de deviner ce qui s'en est suivi; la vieille Madone ne veut pas que vous épousiez son fils, et elle prétend vous marier à un autre.

— Comment avez-vous pu deviner tout cela? s'écria Henriette surprise.

—Parce que nous connaissons la manière d'agir de la perronnelle. Or, vous ne voulez épouser que le comte, et vous venez me prier de m'en mêler.... Soyez tranquille, je la mènerai tambour battant... Nous avons un compte à régler ensemble!

— Oh! pour cette fois, reprit Henriette, vous ne devinez pas du tout!

— Non? Eh! bien, alors expliquez-vous.

— Je n'ai jamais vu la guerre, et je veux la voir.

— Vous souhaitez de vous enrôler?

— Oh! je sais que les femmes ne peuvent servir, mais elles peuvent suivre l'armée.

— Oui, comme cantinières; avec une petite voiture attelée d'un cheval....

— C'est cela.

— Brrrr! D'abord, ma belle, si c'est pour voir la guerre que vous voulez venir avec nous, le moment est mal choisi; il ne s'agit point de se battre cette fois, mais d'occuper militairement

la Pologne-Prussienne; en second lieu,
je vous crois honnête fille, bien élevée,
choses qui sont plus nuisibles qu'utiles
au service de cantinière.

— Comme si l'on ne pouvait pas être
honnête dans n'importe quel état! s'écria
Henriette. Il faut que je m'en aille,
Monsieur le Colonel; il le faut absolument. Je ne veux point de Durst pour
mari; je ne veux pas qu'Ernest puisse
retrouver ma trace; et enfin il me faut
une vie agitée, la vie des camps, le grand
air, le froid, le chaud, de la misère, du
mouvement, ou je mourrai de chagrin,
ou je me noierai, ou je me tirerai un
coup de fusil dans la cervelle.

— Du diable! vous avez une mauvaise
tête!.. Voyons, contez moi votre projet;
car vous en avez fait un?

— J'en ai fait plus de mille!

7..

— Mais encore ?

— Eh! bien, mon père adoptif me donne autant d'argent que j'en veux. Je me procure un cheval, et je vais en avant vous attendre sur la route, quand je saurai le jour où vous quitterez Spielberg....

— Ce sera après-demain matin.

— Après-demain, soit. D'autres troupes vont succéder à celle-ci...,

— Je le crois par Dieu bien! Vingt mille hommes! c'est un fameux chapelet à défiler!

— Tant mieux; on m'oubliera au milieu de tout ce brouhaha; mon père me croira au château; Ernest me croira chez mon père....

— Et pendant ce temps vous filerez comme l'hirondelle.... je comprends.... Vous ne l'aimez donc guère, votre amoureux ?

— Je ne l'aime guère !... Ah ! je l'aime au contraire plus que tout au monde !

— Il n'y paraît pas !

— Ernest le sait bien que je l'aime, que je n'aimerai que lui, que je mourrai avec son image dans le cœur, avec son nom sur les lèvres....

—Ventrebleu ! vous l'épouserez, ou la Madone dira pourquoi !.... Je vais lui mettre le feu sous le ventre....

— Oh ! non, non ! c'est ma bienfaitrice ; elle m'a recueillie, elle m'a réchauffée dans son sein, elle m'a aimée, moi que mes parens repoussaient....

— Parlons de ces parens-là. Les avez-vous cherchés? ne vous ont-ils laissé aucun signe de reconnaissance?

— Voilà tout ce qu'on a trouvé, dit Henriette en tirant de son sein le mouchoir de soie et la bourse.

— Ma chère enfant, » dit le colonel, qui les lui rendit après les avoir regardés, « on fait par an, dans la Prusse, dix ou douze millions de bourses en soie verte comme celle-ci; et chez tous les marchands d'étoffe, vous trouverez des millions de douzaines de mouchoirs pareils, ou à-peu-près, à celui-ci, qui n'est pas même marqué. Si vous n'avez que cela pour vous faire reconnaître comme la fille de votre père, j'en suis fâché pour vous.

— Je n'ai que cela, répondit Henriette tristement.

— Gardez-les toujours.... On ne sait pas ce qui peut arriver. Mais, pour en revenir à notre affaire, mon avis est que vous retourniez chez votre père. Je réfléchirai à ce que vous m'avez confié.

— Et vous me garderez le secret ?

— Cela va sans dire.

—Et vous ne ferez pas mauvaise mine à ma marraine? Et vous ne la tourmenterez pas à cause de moi?

— A cause de vous, non.... Selon ce que vous m'avez dit, vous venez souvent au château ?

— Souvent! Oh! tous les jours.

—C'est bien. Je serai fort aise de vous y voir ce soir à souper.

— Vous n'aurez point l'air de me con-
naître ?

— Assurément ; je n'ai pas envie de
me couper la gorge avec votre amoureux. Maintenant partez.... Adieu, ma
belle. »

Henriette sortit de l'auberge, et reprit
la route de Spielberg, le cœur soulagé
d'un lourd fardeau, celui de l'incerti-
tude. Mille pensées se croisant dans sa
tête, venaient la distraire de la pensée
d'Ernest.

Le chemin était couvert de troupes ;
Henriette marchait du même pas ; elle
répondait d'un air dégagé aux bons mots
des soldats, en leur donnant le titre de
camarade; et elle écoutait leurs propos
joyeux, leurs chansons, en s'affermissant
de plus en plus dans la résolution d'adop-

ter cette vie errante, qui seule pouvait l'étourdir sur la perte de tout ce qu'elle aimait.

« Arrive donc ! » lui cria la douce Eusebia dès qu'elle la vit paraître. « Ton père est dans une colère de possédé. Nous avons, pour notre part, quatre officiers à loger. Ils ont dévoré déjà tout ce qu'il y avait de provisions à la maison ; si cela continue, le pays sera bientôt affamé. Je suis allée au château pour parler à Sa Grâce.... Ouicht ! la cour d'entrée, la cour d'honneur, tout cela est plein de soldats et d'armes en faisceau.... Il faudra les faire bivouaquer. Y a-t-il du bon sens d'écraser comme ça le pauvre monde ! »

Jean Pouff était en effet de très mauvaise humeur ; les officiers, trouvant la chère fort maigre, avaient fait tapage ;

7...

ils avaient menacé les chiens de leurs
sabres, des soldats avaient effarouché
les poules, et les coups de fusil qui re-
tentissaient dans la forêt, annonçaient
assez qu'on prenait le plaisir de la chasse
sans avoir demandé de *permis*.

« Ma marraine doit être aussi dans
une belle colère! » se disait Henriette,
qui aidait sa mère adoptive à préparer
le dîner. « Et Ernest.... que fait-il?....
Que fera-t-il après demain et tous les
autres jours, quand il ne me retrouvera
plus, quand personne ne pourra lui dire
ce que son Henriette sera devenue? »

En ce moment, le comte avait bien
d'autres pensées que des pensées d'a-
mour. Il veillait à la distribution des
troupes chez les habitans de Spielberg,
de manière à écraser le moins possible
les plus pauvres d'entre eux, et à allé-

ger pour les autres le fardeau ; il faisait
ouvrir aux soldats les vastes salles, les
écuries, les remises, les longues gale-
ries du château ; il faisait préparer des
chambres pour les officiers sous le toit
de la noble dame, qui demeurait immobile dans son grand fauteuil et dans
son salon désert, pendant qu'autour
d'elle tout s'agitait avec bruit.

'Sa Grâce était moins occupée, dans
ses méditations profondes, de la misère
momentanée qui serait la suite du passage de ce qu'elle appelait *une nuée de
sauterelles,* que de la nécessité de voir
face à face, pendant plusieurs jours de
suite, des gens sans nom, sans titre, et
qui viendraient s'asseoir à sa table ; elle
devinait aussi, la bonne dame, qu'il
pourrait bien y avoir encore, dans le
pays, non une pluie de feu ou de soufre,
mais une moisson de marmots, et elle se

disait, en songeant à Henriette : « Si je me mêle du sort d'aucun d'eux, je veux perdre tous mes droits au nom de Turneisenn ! »

C'était un serment que celui-là ! Aussi la comtesse ne le faisait-elle jamais que dans les grandes occasions, d'après ce vieux proverbe : *Aux grands maux les grands remèdes!*

******

CHAPITRE XLVII.

******

Le Colonel.

Les craquemens du parquet, sous un pas ferme et mesuré, arrachèrent soudain Sa Grâce à la rêverie dans laquelle elle était plongée.

« Fais-toi indiquer, dit une voix rude, l'appartement qu'on me destine.... Mais d'abord débarrasse-moi de tout cet attirail. » Et celui qui parlait ainsi, jetait son chapeau sur un fauteuil, son épée sur un autre, et se dépouillait de l'ample manteau qui couvrait ses épaulettes de colonel.

« Pardon, Comtesse, ajouta-t-il en s'inclinant légèrement, je ne vous voyais pas. »

La noble dame s'était levée, non par politesse, mais afin de pouvoir déployer mieux tout ce que son maintien avait d'imposant.

« N'avez-vous donc trouvé personne pour vous faire annoncer ? demanda-t-elle avec hauteur.

— Pardieu ! je me suis fait annoncer

assez clairement ce matin, et j'ai vu avec plaisir que mon monde trouvera ici une bonne étape. Vous aurez, je pense, la bonté de veiller à ce que les vivres soient abondans et frais.

— Adressez-vous à mon intendant ; ces soins....

— Ventrebleu ! vous croyez-vous donc plus grande dame que notre Frédéric n'est grand seigneur ? Ces soins, que vous jugez au-dessous de votre dignité, Comtesse, il daigne les prendre lui-même en cas de besoin. Ses soldats sont ses enfans.

— Parmi ces enfans-là, il en est qui ne brillent point par le fini de l'éducation !

— C'est possible ; mais ils brillent sur

le champ de bataille, et cela suffit....
Si nous nous asseyions, nous causerions
plus à l'aise ! »

Et le colonel s'étala sans façon dans
un fauteuil ; la noble dame resta debout.

« Voyons, dit-il en tirant des papiers
de son portefeuille. D'une part, nous
avons quinze cents hommes de cavalerie ; plus, trente caissons et vingt voi-
tures de suite ; en tout.... de dix-sept à
dix-huit cents rations de fourrage pour
aujourd'hui. »

— Quelle indignité ! s'écria la noble
dame.

— Là ! là ! ne nous fâchons point ;
tout cela partira demain.... D'autre part,
trois mille hommes d'infanterie....

— Mais l'intention de Sa Majesté ne peut être de réduire ce pays à la famine?

— Oh! le pays est riche. Eh! ventrebleu! criez donc bien haut, lorsque ce petit coin de terre est le seul, de toute la Prusse, qui n'ait pas encore eu à souffrir des suites de la guerre!

— Est-ce une raison pour le ruiner d'un seul coup? Je ne parle pas pour moi, mais pour mes malheureux vassaux.

— Diable! est-ce que votre cœur serait accessible à la pitié?

— Qui vous donne le droit d'en douter?

— Ma foi, j'ai de bonnes raisons pour m'en étonner du moins. Je vous croyais un cœur de roc.

— Colonel, quoique je ne sois qu'une femme, je ne me laisserai pas impunément insulter !

— Moi, vous insulter ! Je n'en ai nulle envie. Je dis seulement ce qui me paraît être la vérité ; si cette vérité est rude et amère, ce n'est pas ma faute.

— Je suis sans pitié pour les insolens et les sots ; mais pour quiconque souffre...

— Cela n'est pas vrai ! non, par Dieu ! J'en sais des nouvelles. Vous avez fait ici une blessure, » et il appuyait la main sur son cœur, « que le temps n'a point fermée ! Elle saigne encore... J'aurais pu me venger.... et cruellement....

— Que voulez-vous dire ? » demande la comtesse avec anxiété. « Vous vous méprenez !

— Pas du tout; vous êtes la *noble* comtesse de Turneisenn, l'*impitoyable* comtesse de Turneisenn.... Je vous connais, vous le voyez; et vous aussi, vous me connaissez.

— Moi!.... je ne crois pas avoir cet *honneur.* » Et Sa Grâce sourit dédaigneusement.

« Vous me connaissez, vous dis-je! Je suis Edmond de Berg; autrefois pauvre petit lieutenant dans un régiment de chasseurs à cheval; aujourd'hui colonel de dragons et serviteur dévoué du grand roi qui m'honore de sa confiance. »

La noble dame, au nom d'Edmond de Berg, avait pâli.

« Je suis charmée.... dit-elle d'un air contraint.

— Sauf votre respect, si vous n'avez

jamais fait de mensonge dans votre vie, en voilà un des mieux conditionnés.... Mais peu importe. Que vous en soyez charmée ou non, me voici ; oui, me voici ; non pas timide comme autrefois, non pas tremblant devant vous comme un novice, comme un pauvre diable n'ayant que la cape et l'épée, et vous implorant avec toute l'ardeur de la jeunesse et de l'amour ; me voici riche, colonel aujourd'hui ; général demain, baron quelque jour ; me voici, endurci par les combats et osant braver le courroux d'une femme, après m'être aguerri sur les champs de bataille, où j'ai cent fois bravé la mort, moins impitoyable que vous ! Je savais que vous ne seriez point *charmée* de me revoir ; mais une autre en sera *charmée*, et c'est pour celle-là que je viens. Augustine est ici.

— Oui, » répondit la noble dame qui

prit le parti de s'asseoir; ses genoux tremblans se dérobaient sous elle. « En vérité, Colonel, vous vous conduisez envers moi de manière…. à donner une très mince idée…. de la générosité de votre âme !

— C'est possible; mais je m'en mets aussi peu en peine, que vous vous êtes peu mise en peine de l'idée que je pourrais prendre de la *bonté* de votre cœur, lorsque vous m'avez banni, lorsque vous m'avez condamné à l'exil, lorsque vous avez livré mon Augustine à des larmes éternelles.

— Ce que j'ai fait alors, je le ferais encore aujourd'hui. Jamais je n'éprouverai ni honte ni repentir d'avoir accompli un devoir, quelque pénible qu'il ait pu être. Devant Augustine s'ouvrait le plus bel avenir. Elle pouvait, par un brillant mariage, recouvrer la fortune qu'une criante injustice venait de lui arracher..... Elle pouvait prétendre à tout.... et en vérité, ce que vous lui offriez....

— Oh! c'était bien peu de chose, en effet! un cœur tout à elle!.... Qu'est-ce que cela pour vous autres gens du monde, dont l'âme sèche se contente des hochets de la fortune et du rang!... Qu'est-ce que cela pour vous, dont le cœur est pétri d'un limon glacé et toujours, toujours inanimé!.... Je veux la voir. » Et il se leva brusquement.

« Je....je dois la faire prévenir d'abord ! s'écria la noble dame en se levant à son tour.

— Non. Trop long-temps vous vous êtes placée entre elle et moi....

— Colonel, je vous en supplie!... Une surprise si grande.... Par amour pour elle, épargnez-la!

— L'épargner! s'écria le colonel qui revint vers la comtesse. Comment osez-vous prononcer ce mot en songeant à Augustine! vous qui, au lieu de *l'épargner*, avez pris plaisir à empoisonner sa vie!

— Moi, empoisonner sa vie!... moi, qui ai eu pour elle les soins et l'amour d'une mère!

— Quel amour, ventrebleu!.... Songez-y bien; je viens la chercher; je viens lui donner mon nom, et l'arracher enfin à.... votre *amour maternel*. Elle et moi nous ne sommes plus des enfans; elle et moi nous sommes libres de disposer de nous-mêmes.... Si elle m'aime encore....

— La voici, dit la comtesse en souriant amèrement ; elle arrive à propos
pour vous assurer de sa *fidélité*. »

Le colonel se retourne ; il pâlit à la
vue d'Augustine, debout auprès de la
porte, et s'appuyant sur le dossier d'une
chaise.

« Augustine !

— Edmond ! » Et ils sont dans les
bras l'un de l'autre.

« Edmond !.... Est-ce bien toi ! s'écrie Augustine qui le contemple avec
des yeux brillant de joie. Oui, c'est toi !
Edmond ! Mon Edmond ! c'est toi !

— Oui, c'est moi, répond le colonel
(il la dévore des yeux). Oui, c'est ton
Edmond.... mais en cheveux gris, mais
le front sillonné de rides.... Son cœur

seul n'a point changé !.... Jadis le feu
de la jeunesse étincelait dans mes regards; jadis mes joues brillaient des
couleurs de la jeunesse... Aujourd'hui,
mon regard est dur, mes joues sont
hâlées par le soleil et noircies par la
poudre.... Je ne suis plus un jeune soldat, débutant dans la carrière; je suis
un rude et vieux guerrier qui commence
à en entrevoir la fin!.... Mais le vieux
guerrier te rapporte le cœur du jeune
soldat! ce cœur qui a battu pour toi au
camp, sur le champ de bataille, au bruit
de l'artillerie, au milieu des balles, des
boulets, sous le fer des baïonnettes!... »
Et il la serre avec force contre sa poitrine.

Augustine appuie sa tête sur l'épaule
d'Edmond; elle demeure ainsi en silence, et des larmes de bonheur bai-
gnent ses joues.

« Le jeune homme est devenu homme,
dit-elle d'une voix douce. Et moi... moi,
Edmond, je ne suis plus que l'ombre de
moi-même ! »

Il la serre plus étroitement contre
son cœur, et dit : « Oui, tes joues
sont pâles ; mais cette pâleur.... cette
pâleur.... » Il se tourne soudain vers la
noble dame, qui regardait cette scène
d'un air hautain et froid. « Cette pâleur,
Comtesse, c'est le fruit de votre *amour
de mère !*... Oh ! si, à votre dernière
heure, ce visage pâle, ces yeux languis-
sans, toute cette contenance où respire
une longue souffrance ; si ce fantôme
enfin ne vous poursuit pas et ne vient
pas empoisonner vos derniers momens,
c'est qu'alors le Dieu que vous outragez
en l'invoquant....

— Edmond, s'écrie Augustine, ne

l'afflige point par tes reproches! Ses intentions étaient bonnes.

— Bonnes! Tonnerre du ciel! l'enfer
est tout pavé de bonnes intentions.....
C'est à bonne intention, n'est-ce pas,
qu'elle t'a réduite au désespoir, qu'elle a
détruit ton repos, ta santé, qu'elle t'a
condamnée au malheur?.... C'est avec
de bonnes intentions qu'elle t'a laissée
dépérir, qu'elle t'a vue de sang-froid te
dévorer toi-même, passer dans les larmes ta jeunesse, ta vie entière?... Comtesse de Turneisenn, depuis de longues
années je vois tomber comme grêle autour de moi amis et ennemis.... Eh!
bien, tout endurci que je sois, l'aspect
d'un pâle visage, sur lequel se peint la
souffrance, me fait frissonner, et mon
cœur se serre... Mais vous!... Oh! votre
courage est supérieur au mien!.... bien
supérieur! Les souffrances de votre pro-

8..

pre nièce, ces souffrances de chaque
jour, de chaque instant, n'ont pas même
ému votre âme de glace !.... Ah ! que
ceux qui vantent votre bonté, qui prô-
nent votre humanité, qui vous entourent de basses flatteries; que tous vos
courtisans ne peuvent-ils savoir comme
moi ce que sont en effet cette humanité
et cette bonté !.... Alors tomberait l'é-
chafaudage de vertu que votre fausseté
a élevé..,. Alors, sous le fard brillant
qui cache la sécheresse de votre âme,
la dureté de votre cœur, la petitesse de
votre esprit, on découvrirait enfin le
monstre qui dévore tout ce qui vous
approche, cet orgueil intraitable... Vous
pleurez ! »

Hors de lui, il s'avance vers la comtesse, entraînant Augustine à sa suite,
et il enlève le mouchoir dont la noble
dame se couvrait le visage, en disant :

« Laissez-les voir, ces larmes!.... Sont-
elles amères, bien amères, aussi amères
que celles que vous faites répandre?

— Au nom du Ciel! s'écrie Augustine
qui se laisse glisser à genoux. O Edmond!
je te croyais généreux!.... Ma tante! »
Et elle saisit la main de la comtesse;
celle-ci la repousse durement.

« Debout! s'écrie le colonel. Toi, à
genoux devant elle!.... » Il relève Augustine. « A moi! » dit-il d'une voix
forte. Deux officiers s'élancent aussitôt
dans le salon. « Qu'on m'amène le pasteur. S'il refuse de venir, qu'on le ga-
rotte et qu'on me l'apporte sur-le-
champ!

— Colonel, dit la noble dame qui se
lève avec indignation, je ne souffrirai

pas que la violence soit employée....

— Et si j'avais mis le feu à votre château, comme ce fut souvent mon projet, pour enlever d'entre vos mains cette infortunée!... Si j'avais fait révolter contre vous vos paysans, excédés d'un joug que vous leur rendiez trop pesant!.... Mais finissons-en avec les récriminations et les reproches. Vous avez refusé la main de la veuve du général de Horn au lieutenant de Berg : l'accordez-vous au colonel de Berg?

— Ma nièce est libre de disposer d'elle-même ; mais, je vous le déclare, les trente mille thalers que je lui destinais par mon testament....

—O ma tante, dit vivement Augustine, gardez vos richesses, et accordez-nous votre consentement!

— N'êtes-vous pas toute disposée à vous en passer?

— Silence, Edmond, je t'en conjure! dit encore Augustine. Nous le pourrions sans doute; mais j'ai besoin de votre bénédiction.... Ma tante, laissez-vous toucher!....

— Ainsi, il me faudra dévorer tant d'outrages....

— Comtesse, un mot, et tout sera dit. Pendant près de vingt années, vous nous avez condamnés tous deux à un supplice digne des enfers.... Augustine est femme; elle a souffert, sans haïr l'auteur de sa misère; mais moi, je suis homme, et cette longue contrainte a fait fermenter la haine dont votre injustice avait rempli mon cœur! Vous pouvez encore recouvrer quelques droits à mon estime..... Celle qui sut si bien commander à autrui, ne peut-elle donc commander à son orgueil?... Sortons, Augustine : l'air qu'on respire ici me pèse. » Et il l'entraîna.

*****

CHAPITRE XLVIII.

*****

𝔙𝔦𝔳𝔢 𝔩𝔢𝔰 𝔖𝔬𝔱𝔰!

Au souper, la noble dame apporta un maintien plein de dignité et de hauteur; le jeune comte, un air ouvert et satis-fait; Augustine, une figure épanouie par le bonheur; le colonel, une contenance

ferme et paisible; et Henriette, une expression de mélancolie qui disparaissait
sous le plus doux sourire, quand elle
tournait les yeux vers la baronne, ra-
jeunie et embellie par la présence de
l'homme qu'elle aimait.

« Elle, du moins, sera heureuse! »
se disait la jeune fille dont la tête avait
fait bien du chemin, en apprenant qu'Augustine avait retrouvé celui qu'elle aimait, dont elle était toujours aimée, et
qu'elle allait devenir la femme du colonel de Berg. Sans aucun doute Augustine suivrait son mari, et alors Henriette serait plus que jamais sous sa
protection.... Oui, mais alors aussi qui
consolerait son Ernest? qui prendrait
pitié de la douleur où le plongerait la
perte d'Henriette?

Pendant que ces pensées, et bien

d'autres encore, absorbaient son âme
tout entière, une discussion fort vive
s'engageait entre le comte et le colonel
de Berg, au sujet du partage de la Pologne; et la noble dame les voyant d'un
avis absolument opposé, les excitait mé-
chamment par des observations et des
objections adroites. Elle était très mé-
contente de son fils, qui, en apprenant le
nom du colonel, l'avait accueilli comme
un frère, et s'était montré indifférent
aux plaintes qu'elle avait portées contre
lui ; et si elle paraissait au souper, c'é-
tait seulement dans l'intention de mêler
quelques gouttes d'amertume dans la
coupe du bonheur où puisaient à longs
traits Augustine et Edmond. Là se bor-
nait son pouvoir. La noble dame sentait
qu'il faudrait céder cette fois, et elle ne
devinait que trop que son fils saisirait
ce moment pour solliciter un consentement qu'elle était bien décidée à refu-

ser, de manière à détruire tout espoir
pour l'avenir.

Vers la fin du repas, la noble dame
voyant la querelle bien engagée entre le
colonel, ardent défenseur du despo-
tisme militaire, et le comte, ardent avo-
cat des droits des nations et de l'éman-
cipation du genre humain, se leva et
quitta la table. Augustine la suivit à regret avec Henriette.

« Ma nièce, dit Sa Grâce d'un ton assez doux, j'ai appris que le pasteur a
été appelé à deux lieues d'ici auprès
d'une femme mourante ; il ne reviendra
probablement que dans la nuit.... Ce
délai vous donne le loisir de songer à
votre parure pour demain. Il faut vous
en occuper avec Henriette.

— Comment? demanda Augustine en

attachant sur la noble dame un regard
où se peignaient à-la-fois l'étonnement
et l'espérance.

— Mais, je m'explique assez clairement, je pense.... N'est-il pas arrêté que
vous allez devenir.... la femme.... du
colonel de Berg?

— O ma tante! mille grâces vous
soient rendues! » Et Augustine porta à ses
lèvres la main de la noble dame, qui la retira aussitôt, en disant d'un air contraint :
« Je dois céder.... à la force des circonstances.... Cependant on se trompe-
rait, si l'on croyait pouvoir se prévaloir...
de ma condescendance.... pour obtenir
un autre consentement.... Je ne le donnerai jamais! »

A ces mots, elle sortit, sans daigner
accorder un seul regard à la pauvre
Henriette.

« Oh ! que je souffre toujours ! s'écria la jeune fille, pourvu que vous soyez heureuse ! »

Elle se jeta tout en pleurs dans les bras d'Augustine.

« Mon Henriette, ma fille chérie !... si le sacrifice de ma félicité pouvait assurer la tienne..... oh ! crois bien que je le ferais avec joie !... Tu m'es si chère !... Tu as tant d'années à passer sur la terre ! Tandis que moi.... encore quelques jours de souffrance....

— Oh ! non, non ! vous vivrez pour jouir du bonheur d'aimer et d'être aimée ! Vos regards si tristes vont s'animer ; vos joues si pâles vont briller des couleurs de la santé... Oh ! venez, venez ! Allons préparer vos habits de noce !... Moi aussi, je veux me parer ! Je veux

vous accompagner au temple; je veux
appeler sur votre tête toutes les béné-
dictions du Ciel ! »

D'après l'instante prière d'Henriette,
la baronne, en entrant dans son appartement, renvoya sa femme de chambre.

« Nous n'avons pas besoin d'elle, »
disait la jeune fille, dont les regards et
les gestes singuliers trahissaient une vio-
lente agitation. « C'est moi qui veux tres-
ser votre couronne de myrte et de roses
blanches ; c'est moi qui la poserai sur
vos cheveux....

— Calme-toi, je t'en conjure! » répondit la baronne alarmée. « Henriette,
mon Henriette, tout espoir n'est pas
perdu !... Une voix secrète m'annonce
que nous recevrons ensemble la bénédiction nuptiale....

— Non, non, ne parlez pas ainsi! Ne parlez point de moi.... Laissez-moi m'oublier.... Je le veux! »

Vers minuit on frappa doucement à la porte de la baronne. Henriette courut ouvrir; c'était le colonel. Il lui sourit en disant : « Ma belle enfant, heureusement le pasteur est absent ce soir ; je dis *heureusement*, parce qu'au lieu d'une noce, demain nous en aurons deux. »

Et il entra chez Augustine, qui rougit à sa vue. Il prit la main qu'elle lui tendait, s'assit auprès d'elle, et passant un bras autour de sa taille, il la retint serrée contre cette poitrine où battait un noble cœur.

« Augustine, dit-il, nous ne serons pas seuls heureux.... Ma belle, préparez deux couronnes de fiancées. »

Henriette pâlit, et fixa sur lui ses grands yeux noirs.

« Que dis-tu ? demanda la baronne.

— Je dis que demain, à la même heure, il y aura ici deux mariages au lieu d'un. »

La jeune fille fit un signe de tête qui annonçait le doute, et elle se remit à l'ouvrage.

« Le comte et moi, reprit le colonel, nous nous sommes passablement *cha-maillés*, quoiqu'au fond nous soyons à-peu-près du même avis ; mais, pour en finir avec la politique, je lui ai parlé de quelque chose qui l'intéresse plus que tout au monde, de son amour pour cette belle enfant. Je lui ai dit : « Ne faites point comme nous avons fait ; la vie est courte; pourquoi diable passer dans la douleur vos plus belles années? »

« Ce n'est pas mon intention, m'a-t-il répondu. Henriette sera ma femme, en dépit de tout. »

« Eh! bien, mon enfant, vous vous taisez? »

Tandis que la veillée se prolongeait chez la baronne, la noble dame éprouvait un nouvel accès de colère, c'était peut-être le vingtième de la journée; mais son indignation ne paraissait pas faire beaucoup d'impression sur la personne qui l'excitait, et cette personne, c'était.... *monsieur* Durst lui-même, mais *monsieur* Durst, bien vêtu, gros, gras, joufflu, avec une véritable face de chanoine; *monsieur* Durst, dont la plate figure semblait encore plus plate depuis

que de grosses joues encadraient son nez
pointu, et faisaient disparaître en partie
ses yeux gris, diminués des trois-quarts
au moins de leur ancienne grandeur.

« La flamme de l'amour, disait-il
d'un ton dogmatique et avec un sang-
froid imperturbable, ne se rallume pas
à volonté. Le souffle tout puissant de
Votre Grâce a éteint celle qui brûlait
jadis pour Henriette dans mon cœur..
Votre Grâce m'a défendu de l'aimer ;
aujourd'hui elle m'ordonne de reprendre
mes anciens feux.... mais je n'en trouve
plus en moi une seule étincelle.

— Eh ! qui vous parle d'aimer ! » s'é-
cria la noble dame en frappant du pied,
ce qui lui arrivait assez souvent depuis
quelque temps, la douceur habituelle
de son caractère se trouvant fort altérée
par les contrariétés qu'elle éprouvait.

— Mais, Votre Grâce, il n'y a qu'un homme amoureux qui puisse se rendre coupable de rapt.

— Taisez-vous! Si vous n'aimez plus Henriette, vous aimez toujours l'argent. Eh! bien, je vous en donnerai.... Vous pourrez aller vous établir à Berlin.... vous faire.... libraire.... imprimer et vendre vos poésies....

— Oh! j'ai renoncé au commerce des Muses, et cela, d'après la volonté expresse de Votre Grâce.

— Eh! bien, si vous n'êtes pas libraire, vous pourrez entreprendre le négoce que vous voudrez....

— Je n'ai jamais eu de goût pour le négoce.

— Bonté du ciel !... ma patience est-elle mise à d'assez rudes épreuves !.... Soyez négociant ou non, poète ou non, peu m'importe ; mais trouvez un moyen de décider Henriette à vous suivre, et dès que vous aurez choisi le lieu où vous voulez aller, je vous y ferai tenir la somme....

— Je ne veux aller nulle part qu'à Neerbourg. Ma vie est là.

— Votre vie ?

— Ou mon amour, comme il plaira à Votre Grâce.

— Votre amour ?

— Oui ; les beaux yeux de la fille du pasteur ont décidé de mon sort. A l'arrivée de la lettre de Votre Grâce, je me

suis hâté de demander Lolotte en mariage, et, avant mon départ, les fian-
çailles ont eu lieu.

— Comment, insolent, lorsque je
vous ordonnais de venir épouser Henriette?

— Je ne veux point déprécier la fa-
vorite de Votre Grâce.... Mais enfin,
cela ne fera jamais une femme de ménage comme Lolotte; et puis Lolotte
connaît ses père et mère, tandis que....

— Silence!.... Suis-je assez humiliée?
celle que ce manant dédaigne, est re-
cherchée par mon fils!.... Il faut qu'elle
parte, qu'elle disparaisse à tout prix!...
Connaissez-vous un homme de tête, un
homme résolu?

— J'en connais un, Stoppelfeld.

— Savez-vous où le trouver ?

— Au cabaret. Pour celui-là, il sera libraire, marchand, tout ce qu'il plaira à Votre Grâce ; le tout est de le prendre entre deux vins. »

La comtesse se détourna avec dégoût.

« Ainsi, dit-elle après un moment de silence, vous avez osé faire un choix sans ma permission ?

— L'amour n'en demande point pour s'emparer de notre cœur.

— Et vous n'avez pas songé que ce choix pouvait me déplaire, qu'il pouvait vous coûter la perte de votre place ?

— Quand un homme est amoureux, Votre Grâce, il ne pense à rien au monde qu'à la femme qu'il aime, et, pour l'obtenir, il passerait à travers le feu, à travers mille lances.

— Jusqu'à ce misérable, s'écria la comtesse hors d'elle-même, qui vient me parler de la puissance de l'amour !.... Qu'est-ce donc que ce délire qui sacrifie tout....

— Il me paraît que Votre Grâce ne l'a point connu dans sa jeunesse?

— Moi! » Et un pourpre foncé couvrit les joues de la noble dame. « Moi, tomber assez bas pour tout oublier, pour m'oublier moi-même !.... Le ciel en soit loué! je n'eus jamais de honteuse faiblesse.... Sortez! Vous n'êtes plus régisseur de ma terre de Neerbourg. »

Durst s'inclina d'un air respectueux

sans répondre, et se retira en se disant
tout bas : « C'est ce qu'il faudra voir !
Dieu soit béni ! Sa Grâce n'a plus autant
de pouvoir que de bonne volonté pour
tourmenter les honnêtes gens. Je vais
aller trouver Monseigneur. Je suis bien
sûr que ma petite Lolotte aura une dot
et un trousseau, et que je serai, ma vie
durant, régisseur du beau domaine de
Neerbourg. »

Mais Monseigneur venait de se retirer
chez lui, et aucun domestique ne voulut annoncer *monsieur* Durst, en dépit
de ses assurances qu'il avait une affaire
très importante à communiquer à Monseigneur.

« Eh ! bien, se dit *monsieur* Durst,
je m'en vais trouver *monsieur* l'Inspecteur.... Si, par hasard, quelque tentative était faite cette nuit pour s'emparer

d'Henriette, j'aurais pardevers moi l'avantage d'avoir donné l'éveil à son père adoptif, qui ne manquerait pas de le dire à Monseigneur, et cela produirait un bon effet en ma faveur. »

Quoiqu'il fût très tard, on n'était pas encore couché dans la maison du digne Jean Pouff, ses hôtes ayant annoncé le projet de tenir table toute la nuit.

Durst eut beaucoup de peine à persuader au brave inspecteur, que Sa Grâce elle-même avait sourdement comploté contre le repos et la liberté de sa fille adoptive ; lorsqu'enfin Jean Pouff eut sous les yeux la lettre de Son Excellence, il joignit les mains, et s'écria : « Bonté divine !.... à présent qu'Henriette fasse ce qu'il lui plaira !.... Aidez-moi à me traîner jusqu'au château. Je vous ferai parler dès cette nuit à Monseigneur. »

A deux heures du matin, *monsieur* Durst sortait rayonnant du cabinet du jeune comte; *Lolotte* avait l'assurance d'une dot, d'un trousseau, et *monsieur* Durst la promesse de la survivance de la place qu'il occupait à Neerbourg, pour le premier fils qui naîtrait de son ma-riage. Vivent les sots !

※※※※※

CHAPITRE XLIX.

※※※※※

𝕷𝖆 𝕭𝖔𝖚𝖗𝖘𝖊 𝖛𝖊𝖗𝖙𝖊 𝖊𝖙 𝖑𝖊 𝕸𝖔𝖚𝖈𝖍𝖔𝖎𝖗 𝖉𝖊 𝖘𝖔𝖎𝖊.

...« Ventrebleu ! » dit le colonel en faisant de gros yeux à une femme âgée qui était entrée dans son appartement au moment où il se disposait à goûter quelque repos. « C'est un mensonge,

un infernal mensonge !... Je ne sais quoi
me retient de vous jeter par la fenêtre !...
Elle !... elle !... elle a fait un enfant ?

— Monsieur le Colonel, c'est la vérité, la pure vérité ! J'en prends à témoin
Dieu qui nous entend !

— Qui vous l'a dit, langue de vipère ?

— Hélas ! monsieur le Colonel, on
ne me l'a point dit ; mais c'est moi qui
ai reçu la pauvre petite créature quand
elle est venue au monde.... C'est moi
qui l'ai sauvée des mains de sa mère à
moitié folle....

— Je le crois mordieu bien ! *Elle !...*
elle ! Sur qui donc compter ? Mille millions de tonnerres et d'éclairs !... Que la
foudre écrase toute la gente femelle !...
Vit-il, cet enfant, ce rejeton du Diable?...

Par la morbleu!... parlez! parlez donc!
Parlerez-vous?

— Monsieur le Colonel, si Votre
Grâce voulait m'écouter paisiblement....

— Paisiblement!... paisiblement!...
Dix millions de diables puissent t'emporter, vieille sorcière! Parle!

— Eh! bien, monsieur le Colonel,
Votre Grâce, en partant, m'avait donné
une bourse en soie verte contenant trois
cents frédérics d'or, et vous m'aviez dit,
ce sont vos propres paroles : « *Si elle
était dans le besoin....*

— Après, après! s'écria le colonel qui
marchait à grands pas dans sa chambre.

— *Elle* n'en avait pas besoin de cet
argent.... Mais le pauvre enfant....

— Comment, l'enfant! Il vit donc?

— Mais le pauvre enfant que la mère, dans son égarement, aurait tué de ses propres mains.....

— Pourquoi ne pas l'avoir laissée faire, ventrebleu?

— Ce pauvre innocent, il en avait besoin, lui, pour trouver un asile!... Je mis la bourse dans les langes avec un mouchoir de soie....

—Mille et mille, et dix mille, et cent mille légions d'enfer!... était-ce donc pour ce bâtard que je m'étais ruiné, pressuré; que j'avais vendu tout ce que je possédais? »

Le colonel se jeta dans un fauteuil et se couvrit la figure de ses deux mains.

« Une femme, qu'il avait bien fallu mettre dans la confidence, continua dame Gertrude, me conseilla de faire croire à la mère que l'enfant était mort, et nous allâmes le porter dans la forêt... non pour le laisser à la dent des loups...

— Eh ! pourquoi non ?... Suis-je assez malheureux ! murmura le colonel.

— Mais... en vérité, je ne sais plus trop dans quelle intention ; car j'avais alors la tête toute troublée.... Enfin, ayant trouvé suspendue, à la cabane de chasse de Jean Pouff, sa carnassière en peau de blaireau, nous y plaçâmes l'enfant.... Mais j'ai toujours eu ces trois cents frédérics d'or sur le cœur....

— Eh ! qui diable, monstre femelle, infernale mégère, qui diable t'a inspiré à toi l'idée de venir m'enfoncer le poignard

9...

dans le cœur, en me disant ce que j'igno-
rais?

— Comment?... Monsieur le Colonel!...
cet enfant... n'est-il donc pas à vous?

— A moi!... à moi!... »

Soudain le colonel bondit sur son
fauteuil; il s'élance vers la porte, s'ar-
rête, revient à Gertrude, et lui saisis-
sant les deux mains de ses mains de fer:
« Parle, parle!... Combien y avait-il de
temps.... que j'étais parti?

— Mais, tout juste neuf mois. »

Un cri, un cri d'amour et de bonheur
s'échappe des lèvres d'Edmond; comme
un fou il s'élance vers l'escalier, le des-
cend en courant, enfonce d'un coup de
pied une porte qui lui résistait, et Au-

gustine, Henriette, se trouvent envelop-
pées dans ses bras robustes qui les pres-
sent à-la-fois contre sa poitrine, tandis
qu'il s'écrie avec délire : « Ma femme !...
ma fille ! »

Long-temps il ne peut prononcer que
des mots entrecoupés ; long-temps il ex-
travague, dans l'ivresse d'une félicité si
grande, que son cœur peut à peine y
suffire ; enfin il entraîne Augustine et
Henriette vers un canapé, les fait asseoir
à ses côtés, et des larmes jaillissent à
torrent de ses yeux.

« Edmond, mon Edmond ! dit Augustine étourdie, effrayée ; reviens à toi !

—Tu étais mère, et tu me l'as caché !
s'écrie Edmond sans l'écouter. Ma fille !
mon Henriette ! embrasse ta mère !....
C'est ta mère, te dis-je !

— Non, non ! dit Augustine hors d'elle-même, je n'ai point d'enfant.... Son berceau.... ce fut la terre, la terre humide et froide....

— Elle vit, ma chère maîtresse ! Je vous ai trompée ! elle vit ! La voilà ! c'est Henriette ! dit une voix.

— Ma fille !... ma fille !

— Ma mère !... Oh ! Dieu ! » Et elles sont dans les bras l'une de l'autre, confondant leurs larmes, leurs soupirs, se prodiguant les caresses et les noms les plus doux.

Gertrude, à quelque distance, contemplait ce tableau et pleurait ; debout, sur le seuil de la porte, Sébaldus pleurait aussi.

« Vous avez tout avoué? demande le
pasteur à Gertrude.

— Oui, monsieur le Pasteur. Je l'aurais fait plus tôt cet aveu, s'il m'avait été
possible de voir monsieur le colonel en
particulier.... J'espérais qu'il préparerait
madame la baronne.... Mais non ; il a
tout dit brusquement.

— Et moi aussi, reprit Sébaldus, j'a-
vais compté la préparer à cette heureuse
nouvelle. Anne Bulh est morte ce soir...
Elle m'avait fait appeler pour me confier
ce secret, qui pesait sur sa conscience...
J'ai passé la journée entière auprès d'elle. »

Le pasteur regarde en silence Edmond, Augustine, Henriette, dans les
bras l'un de l'autre, puis il sort ; quelques instants après il était de retour, et
Henriette s'élançait au cou de son amant

en s'écriant : « Ernest ! maintenant à toi
pour la vie ! »

Une rougeur brûlante, la rougeur de
la honte couvrit les joues d'Augustine,
après que les premiers momens de trou-
ble, d'effusion et de bonheur furent pas-
sés. Elle n'osait lever les yeux sur Edmond, sur sa fille, et elle évitait les regards du jeune comte et du pasteur.

« Qui diable se serait douté, » dit le
colonel en regardant tour-à-tour Augustine et Henriette, « que, sans postérité ce matin, je me trouverais ce soir
père d'une belle fille de dix-huit ans !...
Henriette, fais-nous donc voir *les signes
de reconnaissance* que tu m'as montrés
là-bas ? »

Henriette prit dans son sein la bourse,
le mouchoir de soie, et, après les avoir

portés à ses lèvres, elle les présenta à son père; mais ce fut Augustine qui s'en saisit, en s'écriant : « Eh! quoi! tu n'as pas reconnu cette bourse tressée pour toi par ton Augustine, et ce mouchoir, ce mouchoir trempé de tes larmes, que je retins dans mes mains tremblantes au moment des adieux, que je conservais comme mon bien le plus précieux, et dont la disparition me coûta tant de regrets et tant de pleurs?

— Ma foi non! répondit le colonel. Mais toi, Augustine, comment ne les as-tu pas reconnus plus tôt?

— Plus tôt?

— *Ma mère* ne les a jamais vus, si ce n'est aujourd'hui.» s'écria Henriette en appuyant avec délices sur ces deux mots : *ma mère*, qu'elle prononça du ton le plus caressant.

« Jamais vus !.... Et comment cela ?

— Quand je vins me fixer auprès de ma tante, répondit Augustine en rou-gissant, Henriette avait près de trois ans. On me raconta que Jean Pouff l'a-vait trouvée dans sa carnassière, un jour en revenant de la chasse ; que ma tante était sa marraine et avait voulu se char-ger de son sort.... Aurais-je pu conce-voir quelques soupçons de la vérité, moi qui, pendant ces trois années, avais été pleurer chaque jour sur le tombeau où je croyais.... que reposait ma fille !.... Ah ! Gertrude, Gertrude !..... vous m'a-vez cruellement trompée !

— Et moi, ne m'as-tu pas trompé ! dit le colonel vivement. Oh ! si j'avais su quel lien sacré m'unissait à toi !... Mon Augustine ! tu as voulu souffrir seule ! tu t'es sacrifiée tout entière à ton Edmond!.... Il te dédommagera, par sa tendresse, de ton dévouement et de tes larmes!... Gertrude, vous êtes une brave femme.... Oubliez ma colère de tantôt, et soyez certaine que votre vieillesse se passera au milieu de nous. Allez, Gertrude, allez. Mettez de la prudence, entendez-vous, dans ce que vous direz sur les motifs qui vous ont décidée à laisser croire à votre maîtresse que son enfant ne vivait plus. Nous en causerons dans un autre moment. »

Gertrude se retira, mais le pasteur demeura, ainsi que le jeune comte; on passa le reste de la nuit à rappeler mille et mille souvenirs, à-la-fois doux et pénibles, et à s'appesantir sur tout ce qui pouvait mieux faire sentir encore la félicité dont on jouissait après tant d'orages.

Au petit jour, les tambours et les
trompettes réveillèrent tous les échos
d'alentours.

« Dieu soit loué, dit la noble dame
à la discrète Blandine qui avait veillé
auprès d'elle, ils vont partir ! Tu es
sûre, n'est-ce pas, que le pasteur n'est
pas de retour ?

— Bien certaine, Votre Grâce. Je l'ai
fait demander déjà deux fois au presby-
tère ; il n'y avait point reparu de toute
la nuit.

— Pourvu que ce brutal de colonel
n'imagine pas d'en envoyer chercher
un autre à Lammersfeld !.... Blandine,
vois donc ce qui se passe dans le parc !

— Ah ! seigneur Jésus ! s'écria la fidèle soubrette qui avait couru à la fenêtre, voilà tout le régiment de dragons qui se range en bataille autour de la pelouse!... Ils sont en grande tenue!.... et, par la grande avenue, arrive de l'infanterie!... Les arbustes rares, les plate-bandes de fleurs, tout cela va être foulé aux pieds des hommes et des chevaux! »

La noble dame se leva en hâte, passa une robe, et courut à la fenêtre à son tour. Hélas! rien n'était plus vrai!

Au centre, sur le gazon si fin de la pelouse même, l'infanterie se rangeait en cercle au bruit du tambour et enseignes déployées; la cavalerie se formait en un autre cercle plus étendu, et enveloppait l'infanterie; tout ce qu'il y avait d'enfans dans le village accouraient avec de bruyantes clameurs et se répandaient dans le parc, dont on avait ou-

vert, vraisemblablement, toutes les is-
sues.

Frappée d'étonnement et de douleur,
la comtesse, dans une stupeur muette,
contemplait ce spectacle d'autant plus
imposant et plus beau, que les casques,
les armes, frappés par les rayons du
soleil levant, étincelaient de mille feux
et se détachaient en masses brillantes
sur un fond de verdure.

« Que vont-ils faire?.... que préten-
dent-ils donc? » dit la noble dame lorsqu'elle put enfin exprimer, par quelques
mots, ce qui se passait en elle. « Blandine, vas, informe-toi..... demande.....
cours chez mon fils.... qu'il vienne à
l'instant! »

Blandine fut de retour au bout de
quelques minutes.

« Ah ! dit-elle avec volubilité, c'est fini ; ils vont se marier ! Voici les gens du village qui arrivent en habits de fête ; Jean Pouff, se soutenant sur des béquilles, est, en grand uniforme, à la tête des garde-forestiers, des bûcherons, des arpenteurs....

— Eh ! quoi ! Jean Pouff ?

— Oui, Votre Grâce. Oh ! personne ne manquera à l'appel.... Chacun voudra faire sa cour à Monseigneur.

— Et mon fils, mon fils ! lui as-tu dit que je l'attends ?

— Monsieur le comte s'habille ; il va se marier aussi.

— Lui ! »

En ce moment le chasseur de Sa

Grâce frappa à la porte; Blandine alla ouvrir, et revint annoncer à sa maîtresse que Monsieur le pasteur lui faisait demander une audience.

« Qu'il vienne ! » s'écria Sa Grâce, sans songer qu'elle était dans un très grand négligé; et, pour la première fois de sa vie, oubliant ce que son rang exigeait d'elle, elle s'avança à la rencontre du pasteur.

******

CHAPITRE L.

******

Enfin !

« Nous voici seuls, Pasteur ! » dit
impatiemment la noble dame, lorsque
Blandine fut sortie de l'appartement.
« Votre air est radieux !...

— J'apporte à Votre Grâce la plus heureuse nouvelle, car je sais combien Henriette lui est chère.

— Après, après !

— Eh ! bien, Henriette n'est plus une malheureuse enfant sans famille, sans nom : elle a retrouvé ses parens.

— Ses parens ! Et qui sont-ils?

— Henriette est fille de la baronne de Horn et du colonel de Berg ! »

La comtesse sourit d'un air dédaigneux.

« Je comprends, dit-elle ; ils vont l'adopter, lui donner un nom, et tous deux s'imaginent par-là faire disparaître l'obstacle qui la sépare de mon fils !...

Cela fait pitié!... Comme si cette adoption pouvait effacer la tache qu'imprime sur son front l'obscurité de sa naissance!

— J'ai l'honneur de dire à Votre Grâce, reprit le pasteur, qu'Henriette est la fille de la baronne de Horn et du colonel de Berg ; leur propre fille, leur enfant, et que dans ses veines coule leur sang.

— Mon pauvre Sébaldus, j'admire votre crédulité naïve! Comme je ne la partage point, il me faut des preuves, à moi. Voyons, sur quels fondemens a-t-on établi ce CONTE *ingénieux?*

— Je commencerai par rappeler à Votre Grâce, quelques particularités qu'elle paraît avoir oubliées. Il y a dix-neuf ans environ, que le colonel de

Berg., alors simple lieutenant, partit
avec son régiment; après son départ,
madame la baronne tomba dans un état
de marasme qui fit craindre pour sa
vie....

— Je le sais mieux que personne,
puisqu'à cette époque je ne la quittais
presque pas, la soignant comme ma
propre fille, passant auprès d'elle les
jours et les nuits.... L'ingratitude a été le
prix de ma tendresse!

— La Baronne, continua le Pasteur,
habitait alors son château de Lauter-
bach... et c'est là qu'elle devint mère! »

La noble dame ouvrit les yeux dans
toute leur grandeur.

« Pasteur, dit-elle d'une voix émue,
pesez bien vos paroles!

— Il fallut mettre dans la confidence, reprit Sébaldus, le docteur qui la soignait, et qui vit encore; Gertrude et une autre femme dérobèrent l'enfant à la malheureuse mère, frappée de démence. Dans son délire, elle voulait lui donner la mort et se détruire elle-même... Croyant que son enfant n'existait plus, Augustine alla bientôt le pleurer presque chaque jour dans ce bosquet si sombre, d'où Votre Grâce ne l'arrachait qu'avec peine...

— Pasteur.... un mot.... un seul!... Ils étaient donc mariés? »

Sébaldus baissa les yeux.

« Il suffit! reprit la comtesse les lèvres pâles de colère. Pas un mot de plus! » Elle se détourna et fit signe au pasteur de s'éloigner.

« Madame la Comtesse, dit Sébaldus
d'une voix lente et solennelle, vous
m'entendrez. Jamais Dieu n'a repoussé
le repentir de ceux qui l'offensèrent; un
être faible et mortel a-t-il donc le droit
de se montrer plus implacable que Dieu?
Dieu ouvre son sein à ceux qui viennent
à lui les yeux remplis des larmes du repentir; fermerez-vous votre cœur à ceux
qui brûlent de réparer leur faute, et de
rendre à un enfant, repoussé par les lois
de la société, tous les droits que cette
faute lui avait ravis?

— Ainsi, dit la noble dame les dents
serrées, ainsi ma nièce va proclamer
hautement sa honte !

— Votre nièce, Madame, est disposée
à supporter avec courage et humilité
les conséquences d'un moment d'égarement.... pardonnable peut-être.... car
alors elle était bien jeune....

— Taisez-vous, Pasteur, par respect
du moins pour votre robe !

— Ma robe, Madame, est celle du
ministre d'un Dieu de miséricorde ; mes
paroles doivent rappeler sans cesse que,
si le vice enraciné ne trouve que diffi-
cilement grâce devant ce Dieu de bonté,
un moment d'erreur peut être racheté.

— Pasteur, que ma nièce, en décla-
rant qu'Henriette.... est sa fille, dise du
moins qu'un mariage secret.... l'unissait.... à Monsieur de Berg !

— Un mensonge?... Eh ! quoi, Madame, vous voudriez qu'à la face de
Dieu et des hommes....

— Je veux tout, je suis prête à tout
pour sauver l'honneur de ma race !... la
fille de mon frère, une Bloumennthal !...

Elle était mariée! vous dis-je.... Elle l'était! »

Le pasteur se leva.

« Encore un mot, s'écria la noble dame. A ce prix.... je...., mon fils.... Henriette.... sera sa femme.

— Ainsi, dit Sébaldus en croisant les bras sur sa poitrine, et en fixant sur la comtesse un regard pénétrant, « Votre Grâce verrait sans répugnance une enfant illégitime devenir l'épouse de son fils?

— Sans répugnance?... oh! non!... D'ailleurs je ne m'oppose point à ce que tous les deux reconnaissent leur fille... Je ne m'oppose point à ce que vous les unissiez par la bénédiction nuptiale..... Mais que ce soit dans la chapelle du château, ce soir, à minuit, et devant les témoins strictement nécessaires. »

Sébaldus fit un salut respectueux et froid, et quitta la comtesse pour se rendre à l'appartement de la baronne, où le comte, le colonel, Augustine, Henriette, se trouvaient réunis.

Tous les regards l'interrogèrent à-la-fois au moment où il parut.

« Elle a dit non, la vieille Madone ? s'écria le colonel. Je vous l'avais prédit !.. Eh ! bien, nous nous passerons d'elle. »

Augustine était pâle et tremblante ; Henriette avait un air soucieux ; le comte allait et venait avec agitation.

Soudain il prit par la main Henriette, parée d'une robe blanche, du voile et de la couronne nuptiale, et il l'entraîna chez sa mère.

A leur vue, la comtesse s'écria ; les

joues enflammées de colère : « Qui vous
donne l'audace de pénétrer ainsi chez
moi ?

— Si nous nous étions fait annoncer,
répondit le jeune comte, peut-être Votre
Grâce aurait-elle refusé de nous recevoir.
Nous venons, ma mère, vous demander
votre bénédiction.

— O ma bonne marraine ! » dit Henriette en se mettant à genoux devant la
noble dame, et en retenant dans les
siennes ses mains qu'elle venait de saisir.
« Pourquoi ne voulez-vous point de moi
pour votre fille ? Hier, hier, j'avais résolu
de partir, d'abandonner mon Ernest,
et vous, ma bonne marraine, vous qui
avez été pour moi un ange protecteur !...
Hier je n'étais l'enfant de personne...
mais aujourd'hui.... j'ai une mère, et
cette mère, c'est votre nièce; j'ai un

père, et ce père, c'est un homme loyal, un homme dont le nom brille de tout l'éclat de la gloire militaire!... Pourquoi ne voulez-vous donc point de moi pour votre fille ?

— Pourquoi? Parce que ton indigne mère....

— Ma mère! s'écria Hénriette, qui se releva brusquement, ma mère est un ange. Ma mère fut faible, je le sais; mais, pendant dix-huit années, elle a pleuré sa faute, et ses larmes l'ont effacée du livre où Dieu l'avait écrite!

— Et aujourd'hui, dit le comte d'un ton élevé, elle a le courage!...

— Dites l'impudeur! » s'écria la comtesse avec véhémence. « Allez, allez recevoir la bénédiction nuptiale.... la

10...

mienne vous est inutile.... Cessez de
m'importuner de vos instances!... Comte
de Turneisenn, vous êtes maître de vos
actions..... Et toi que j'ai élevée avec
amour, toi que je recueillis alors que
chacun te repoussait, reconnais mes soins
en achevant de m'enlever le cœur de
mon fils!... Que vous importe à tous les
deux ma vieillesse misérable et abandonnée!... Que vous importe que je fuie
cette demeure où je croyais terminer
mes jours!... Vous serez unis..... vous
serez heureux.... et moi, sans consolation, sans appui, je verserai des larmes
amères, je maudirai le jour où je pris
pitié de toi, Henriette, de toi que si
long-temps j'aimai..... et que je hais
maintenant!... Oui, je te hais!

— Viens, Henriette, » dit le comte à
la jeune fille qui fondait en pleurs; et
il la serra étroitement contre sa poitrine.

« Lorsque ma mère, lasse de l'isolement
auquel elle se condamne, reviendra vers
nous ; lorsqu'elle sentira le besoin de retrouver ses enfans, Henriette, nous ou-
blierons, en voyant ses cheveux blancs,
que notre mère cessa de l'être un moment ; nous lui rendrons cet amour
qu'aujourd'hui elle repousse ; et, en re-
cevant tes soins, elle se dira quelque
jour avec orgueil : « *C'est moi qui ai
formé son cœur !* »

La comtesse détourna la tête et fit
un mouvement d'impatience ; mais, malgré elle, son *courage* faiblissait.

« Adieu, Madame, » dit le comte qui
entraînait doucement Henriette vers la
porte de l'appartement. « Hier, votre fille
adoptive avait déjà préparé sa fuite ;
par amour pour vous, par reconnaissance, elle voulait abandonner tous ceux

qu'elle aime, et dont elle est aimée ;
elle voulait se jeter seule dans ce vaste
monde, où pas un ami ne l'aurait accueil-
lie.... La pensée de votre répugnance
pour les liens qui vont nous unir, la pensée surtout de votre douleur, si, malgré
vous, je devenais son époux, lui don-
naient des forces pour accomplir le plus
grand des sacrifices!.. Et vous, Madame,
vous ne songiez.... Non, point de récri-
mination. La grandeur d'âme de mon
Henriette, sa générosité si simple et si
vraie....

— Mes enfans ! » s'écria la comtesse
en leur tendant les bras ; tous deux s'y
précipitèrent, et elle les serra tous deux
contre son cœur, contre ce cœur enfin
attendri, enfin ouvert aux sentimens les
plus purs et les plus doux de la nature.

« Je vous bénis ! dit-elle d'une voix

tremblante. Soyez heureux l'un par l'autre !

— Ma mère, ma mère chérie! disait le jeune comte ivre de bonheur.

— Ma bienfaitrice!.... ma mère! disait Henriette baignée de larmes. Oh! laissez-moi porter à mes parens....

— Tes parens! répéta la noble dame en revenant à elle. Je ne veux les voir que lorsqu'ils seront mariés.

— Pourquoi ne pas rendre par votre présence....

— Non! non! si je devais entendre Augustine.... Non! cet effort est au-dessus de mes forces!... Allez.... Va, mon fils.... je vous bénis!... emmène ta fiancée... et ne la ramène que lorsque

je pourrai la saluer du titre de comtesse
de Turneisenn ! »

La discrète Blandine, appelée auprès
de sa maîtresse, sut trouver mille et mille
motifs d'applaudir à la clémence, à la
bonté que Sa Grâce venait de montrer ;
et la comtesse commença à se pardonner à elle-même d'avoir pardonné.

« Si seulement, » disait-elle avec de
fréquens soupirs pendant que Blandine
préparait tout pour une grande toilette,
« les choses avaient pu se passer sans
bruit, sans éclat.... Mais non ! c'est devant toute une armée qu'il va être reconnu.... que ma nièce !... C'est la première femme de la famille !.... et dire
que, surveillée comme elle l'était....
tandis qu'Henriette, au contraire....
c'est une éducation à refaire que celle
de ma *Virago*. Bonté du Ciel ! si j'avais

pu deviner qu'un jour.... Blandine, tous
mes diamans, entends-tu? Plus que jamais je dois maintenir et rappeler le respect dû à mon rang, et à une femme dont
les moindres actions furent soumises aux
lois de la vertu la plus scrupuleuse et
la plus sévère! »

******

CHAPITRE LI.

******

Dans sa peau mourra le renard.

Au son éclatant des trompettes et des tambours, au bruit des décharges d'artillerie, la noble dame, poussée par la curiosité, s'approcha de la fenêtre et souleva un coin du rideau, afin d'entrevoir du moins ce qui se passait sur la pelouse.

Les futurs époux venaient d'arriver au milieu du cercle que formaient infanterie et cavalerie. La comtesse ne pouvait entendre ce que disait le colonel, qui, tenant Augustine par la main, parlait avec feu, la tête découverte; mais elle ne le devina que trop en le voyant prendre de l'autre main la main d'Henriétte, et aussitôt mille cris confus s'élevèrent à-la-fois dans les airs.

Les flots de la foule des villageois, parés de leurs plus beaux atours, se pressaient derrière la troupe.... Et lorsque le pasteur, revêtu des insignes de son ministère sacré, parut à son tour, mille et mille voix entonnèrent ensemble ce cantique :

Hosanna! Hosanna! je chante tes louanges,
Dieu de bonté, Dieu des chrétiens!

Père de l'homme et roi des anges,
Mes désirs sont soumis aux tiens !
Que ton nom, répété sur la terre et sur l'onde,
Fasse, sur leurs autels, trembler tous les faux dieux;
Car toi seul, ô Seigneur ! es le Maître du monde
Visible à tous les yeux !

Hosanna ! Hosanna ! d'une vive allégresse
Nos cœurs sont pleins ! jour solennel !
De ces époux, la chaste ivresse
Obtient un regard paternel !
Seigneur, tu te complais à faire sur la terre,
Après les jours mauvais, briller un heureux jour !
Tu donnes sa compagne à l'homme solitaire,
L'enfant à leur amour !

Attendrie malgré elle, la comtesse se surprit à répéter ces paroles, et deux larmes roulèrent sur ses joues. Involontairement elle se mit à genoux, en voyant Augustine et le colonel s'agenouiller devant le pasteur, dont les mains s'étendirent sur leurs têtes, et dont les yeux, levés au ciel, semblaient demander pour eux la bénédiction divine; et elle éclata en sanglots lorsque son fils s'avança ensuite avec Henriette pour faire sanctifier, par le ministre de la religion, l'union que l'amour avait formée.

« Je te bénis, mon fils !... Je te bénis, ma fille ! » s'écria la comtesse hors d'elle-même; et, pour la première fois, elle sentit une de ces émotions vives et profondes, une de ces joies intimes, inexprimables, qui font participer l'âme encore retenue dans son enveloppe périssable, à la pure félicité des purs esprits dégagés de tous les liens terrestres.

La comtesse pria long-temps; elle pria avec toute la ferveur d'un repentir sincère.... Mais en abaissant ses regards du ciel vers la terre, elle chercha inutilement à découvrir les nouveaux époux; la pelouse n'offrait à l'œil qu'un tableau confus : villageois, fantassins, cavaliers, vieillards, femmes, enfans, réunis en un groupe bigarré, s'agitaient, chantaient, criaient ; les casques, les schakos placés au bout des sabres et des baïonnettes, apparaissaient au-dessus de toutes les têtes, et les chapeaux volaient en l'air avec de bruyans *vivat!* Tout-à-coup l'ordre succède au désordre, et les nouveaux mariés, entourés d'une foule d'officiers, reviennent vers le château.

La comtesse, magnifiquement parée, s'avance à leur rencontre jusque sur le perron ; d'un air plein de dignité, elle embrasse Augustine, dont les joues sont en feu ; elle embrasse Henriette, qui est rayonnante de bonheur et de joie, et elle tend la main au colonel, après avoir serré celle de son fils.

« Vive Dieu ! » s'écrie le colonel, qui conduit la noble dame au salon ; « Votre Grâce n'a qu'à vouloir pour être d'une

amabilité sans égale! Ah! ça, la récon-
ciliation est-elle sincère?

— Très sincère.... de mon côté du
moins.

— Et du mien aussi. Comtesse, ou-
blions le passé; excepté cependant ce
que vous avez fait pour ma fille, pour
cette pauvre enfant abandonnée....

— Tout cela, dit vivement la noble
dame, doit être compris dans ce passé
que je veux bien oublier.

— Non, par Dieu, pas!... Je prétends
que mes petits-enfans et mes arrières-
petits-enfans sachent....

— Colonel, parlons d'autre chose,
je vous prie.

— Allons, allons, ne vous fâchez pas,

Comtesse. Que diable! si vous aimez sincèrement votre *Virago*, vous devez être bien aise de trouver en elle la fille de votre nièce, votre petite-nièce par conséquent..... Je sais bien qu'il y a quelque chose à dire sur la manière dont elle est venue au monde.....

— Au nom du Ciel ! s'écria la noble dame,

— Mais quiconque, reprit le colonel en élevant la voix, s'aviserait de ricaner de ce qu'on n'ait appelé le pasteur que vingt ans après, trouverait à qui parler !

— Monseigneur est servi, » dit le maître-d'hôtel, qui ouvrit les deux battans de la porte du salon, et l'on passa dans la salle à manger.

Au dessert, Henriette disparut ; quelques minutes après, elle courait à travers champs, sans se mettre en peine de ce qui pouvait arriver à son voile et à sa robe de mousseline, de cette course entre les haies des chemins.

« Ventrebleu ! es-tu folle ?... Un jour de noce ! » s'écria Jean Pouff en la voyant paraître. « Excusez, Votre Excellence ! » ajouta-t-il aussitôt ; et il voulut se lever.

« *Mon Excellence*, repartit la nouvelle comtesse qui le retint sur son fauteuil, est toujours Henriette, entendez-vous ?.... Mon père part demain ; il veut vous voir, brave Pouff. Venez donc au château malgré la goutte ; je vous donnerai le bras.... Mais d'abord il faut que j'aille chercher ma carnassière en peau de blaireau ; car elle est à moi.

— Oh ! dit Eusebia, tout ce qui est ici appartient à Votre Excellence ! »

Henriette salua de la main les militaires logés chez monsieur l'Inspecteur; ils avaient quitté la table à son arrivée; elle monta à la chambre de Jean Pouff, ouvrit la grande armoire, prit la carnassière, qu'elle baisa tout aussi dévotement que si c'eût été une relique de saint, et, triomphante, elle emmena son père adoptif.

« Mon père, voici mon père! » dit-elle en le présentant au colonel. « Et voilà mon berceau!

— Touchez là, cordieu! dit le colonel d'un air amical, et embrassez-moi!... Messieurs, encore une santé.... celle de Jean Pouff. Puisse-t-il vivre cent ans! »

On fit raison, avec des cris et des élans de joie, à la santé portée par le colonel; tous les convives se trouvaient disposés, à la gaîté la plus bruyante, la cave de Sa Grâce étant bien montée, et ces Messieurs n'ayant point perdu de temps. Chacun d'eux voulut embrasser Pouff, qui retomba tout essoufflé et à moitié étouffé sur la chaise que la noble dame avait daigné lui faire donner ; on l'obligea de tenir tête aux santés qui furent encore portées, et les choses allèrent si rondement, que, la langue épaissie, le digne forestier se vit hors d'état d'achever l'histoire commencée de la *trouvaille* qu'il avait faite dans sa carnassière, dix-neuf ans auparavant.

Soudain les trompettes sonnent le boute-selle, les tambours battent le rappel, et l'on court aux fenêtres pour voir défiler les troupes ; elles se rangent en bataille, puis se mettent en marche au son d'une musique militaire, enseignes et drapeaux déployés, et aux cris mille

fois répétés de : « Vive notre colonel !
vive sa femme ! vive sa fille ! vive monseigneur ! vive madame la comtesse de
Turneisenn ! et son bon vin ! » ajoutaient
quelques voix. La noble dame ayant fait
distribuer les rafraîchissemens en abon-
dance, des remercîmens lui étaient bien
dus.

Elle saluait gracieusement à chaque
vivat, et commençait à reprendre sa
bonne humeur, lorsqu'elle s'aperçut que
les nouveaux mariés avaient faussé compagnie ; elle se trouvait seule, absolument seule.

Peu d'instans après, Henriette et sa
mère, en habits de voyage, vinrent
prendre congé de Sa Grâce, qui s'écria
avec l'accent de la surprise et du mé-
contentement : « Quoi ! vous partez ?

— Nous allons faire la *conduite* à

mon père, répondit Henriette d'un air plein de gaîté. Peut-être entrerons-nous aussi en Pologne avec l'armée.

— Mais, en vérité, reprit la noble dame, c'est manquer à toutes les lois du *decorum* et de l'étiquette !

— Nous sommes bien les maîtres, » dit le jeune comte qui arrivait en ce moment avec le colonel, « d'enlever nos femmes !

— Sans doute, répliqua aigrement Sa Grâce. Mais jamais aucun comte de Turneisenn ne s'était encore marié avec si peu de cérémonie.

— Il y a commencement à tout, Comtesse, dit le colonel à son tour. Si Dieu nous prête vie, nous verrons, je pense, des choses qui ne s'étaient point encore

vues.... Autrement, ce ne serait pas la
peine de vivre. Sans rancune, Comtesse!
Quand j'aurai demandé et obtenu mon
congé, je vous tiendrai alors compagnie
tant que vous voudrez; mais, pour aujourd'hui, excusez!.... A cheval, mon
gendre! Allons, ma femme; allons,
ma fille, partons! »

La noble dame fut embrassée avec
tendresse par Augustine et Henriette;
elle reçut froidement leurs caresses, salua d'un air digne son fils et le colonel,
et se retira dans son appartement.

Une foule de paysans et de domes-
tiques entourait la calèche, où montè-
rent la mère et la fille, après avoir répondu d'une manière affectueuse aux
vœux affectueux qui leur étaient offerts.

« Et ta carnassière, Henriette! » cria

Jean Pouff, qui s'avançait soutenu par deux valets. « Si tu fais la guerre, cela pourra te servir de havre-sac.

—Gardez-la moi, répondit Henriette. Je vous promets qu'elle me servira, non point de havre-sac, mais de berceau pour mon premier enfant.

— A la bonne heure ! c'est parler ça ! » cria le digne Jean Pouff en jetant son bonnet en l'air. « Voilà une mariée comme on n'en voit guère ! Elle ne fait pas la petite bouche celle-là ! Je t'en souhaite une douzaine comme toi, Henriette ! Et nous espérons bien que madame la baronne....

—Partez ! » dit Augustine au cocher.

Des acclamations bruyantes accompagnèrent, jusqu'à la dernière maison du

village, la calèche escortée par le comte
et le colonel, qui souriaient aux béné-
dictions et aux propos joyeux de la foule
se pressant autour d'eux. Enfin, voiture
et chevaux disparurent.

Dix ans plus tard, Henriette répétait
tout haut, après l'avoir dit long-temps
tout bas : « Le diable soit de l'amour
et du mariage !

— N'es-tu donc pas heureuse ?» demandait Jean Pouff, chez qui elle allait
de temps en temps pour jurer à son aise.
« Monseigneur t'aime presqu'autant que
le premier jour ; tu as cinq enfans plus
beaux les uns que les autres ; Sa Grâce
ne fait que ce qu'il te plaît ; ton père et
ta mère te couvent des yeux....

— Tout cela est vrai, répondait Henriette ; mais je n'étais pas faite pour me mettre en ménage !

— Tu t'en avises un peu tard !

— C'est comme vous, digne Jean Pouff, comme mon père, comme maman, comme tout le monde ! Quand la chose est faite, on s'avise qu'on aurait pu mieux faire ! Ventrebleu ! dire qu'il faut se marier pour savoir que l'amour ce n'est que de la crème fouettée, et que le mariage.... c'est si peu de chose !... si peu de chose !... Et j'ai pourtant été au moment de planter là, amis et parens, pour courir après un homme !... Mais si c'était à recommencer.... Nom d'un diable !... j'aimerais mieux me faire vivandière ! »

FIN DU TOME QUATRIÈME ET DERNIER.

TABLE DES CHAPITRES

Contenus

DANS LE QUATRIÈME VOLUME.

———◦◦◦———

Imprimerie de E. CHAIGNET, à Rambouillet.

ÉLISKA,

OU LES FRANÇAIS EN PAYS CONQUIS,

ÉPISODE DE L'HISTOIRE CONTEMPORAINE.

Par Mlle S.-A. Dudrézène,

Cinq Volumes in-12.

LA GRANDE DAME

ET LE VILLAGEOIS.

Par M. H. De Châteaulin,

ANCIEN COLONEL.

Trois Volumes in-12.

BIOGRAPHIE

DES HOMMES REMARQUABLES

DU DÉPARTEMENT DE SEINE-ET-OISE,

Depuis le commencement de la Monarchie jusqu'à ce jour.

Par MM. Daniel.

Un fort Volume in-8º, papier fin.

IMPRIMERIE DE E. CHAIGNET,
A Rambouillet.

www.ingramcontent.com/pod-product-compliance
Lightning Source LLC
Chambersburg PA
CBHW070509030726
47503CB00004B/1213